Und nun?

IN

MEMORIAM

Mechthild Heede

&

Reinhold Badziong

&

Edith König

&

Ilse Wagenschütz

David Jordan

Fortsetzung folgt

Liebesgeschichten

Impressum

Geschrieben: Februar und März 2016 in Cheongju, Seoul, Kyoto und Suwon.

Dank an: Judit & Frank Coros, Bärbel Wiggers, Anne Weller, Silke & Winfried Hahn, Prof. Dr. Park Song Chol, Prof. Dr. Song Hi-Young, Dr. Joachim Wittkowsi und Prof. Dr. Heinz H. Menge und Adnan Alam. Dank auch an alle Mitarbeiter der Palliativ-Station des EvK in Herne, an Wein & Spezialitäten Martina Vössing, an das Literaturhaus Ruhr, an LISA, an Prong und auch Dank an What The Book?.

Stand (Texte): 04.06.2017.

Redaktionsschluss: 23.07.2017 in Herne.

Fotos : Simon Wagenschütz.

©2017
Herstellung und Verlag: BoD - Books on Demand, Norderstedt.

ISBN-13: 9783743174627.

Inhalt

Exposition..7

Danach..11

Komplikation...47

Familienwahrheiten. Ein Anfang........................57

Peripetie...161

Davor..165

Retardation...197

Exposition

Das ist die Geschichte von Mike. Sie sehen ihn hier, wie er an seinem Schreibtisch in dem Großraumbüro der Firma sitzt, die ihn beschäftigt. Sie sehen ihn hier, wie er gerade gewissenhaft seiner Arbeit nachgeht, dieser pflichtbewusste Angestellte, der er ist.

Oder Sie sehen es auch nicht, denn gerade eben schloss Mike seine Augen. Hallo, Mike? Das war hier nicht der Plan!

Ist er etwa eingeschlafen? Ist sein Job wirklich so langweilig, wie er aussieht?

Jetzt fällt auch noch sein Kopf nach vorne und knallt volle Kanne auf die Schreibtischplatte. AUA! Na, wenn das nicht ein Wachruf ist, dann weiß ich auch nicht!

Er wacht nicht auf. Da schlägt er voll auf und pennt einfach weiter. Wie ist das nur möglich? Ist der Job wirklich so scheißlangweilig? Hallo, Mike! Wach auf! Du wirst gebraucht. Das hier ist deine Geschichte. Ohne dich geht hier gar nichts, verstehst du das denn nicht?

Hallo, Mike? Mike! Ich bin`s, dein bester Freund, dein einziger, den du hast. Genug davon! Wach auf, erhebe dich, arbeite, erwarte das Schicksal, das ich dir zugedacht habe.

Nichts zu machen, er hört mich nicht. Da müssen wir wohl zu anderen Mitteln greifen! Gehen wir zu ihm hin und rütteln ihn wach. So kann das hier nicht mehr weitergehen.

Was aber seh ich da? Sehen Sie es auch? Er atmet nicht. Mike atmet nicht mehr.

Auf was für Ideen kommst du da nur, Mike? Das geht so nicht. So gar nicht geht das. Ich verstehe ja, dass dein Job sterbenslangweilig ist. Ich weiß ja, dass deine Ehe schon lange wie ein toter Fisch kieloben im Wasser treibt. Aber das sind alles keine Gründe, hier jetzt den toten Mann zu machen. Gerade jetzt, wo die Firma beschlossen hat, dich freizusetzen, die Nachricht ist schon auf dem Weg zu dir. Und ausgerechnet jetzt, wo deine Frau Kind und Kegel in ihren SUV verfrachtet, um sich zu ihrer Liebhaber aufzumachen, um dich für immer zu verlassen. Sicher alles keine guten Neuigkeiten, gewiss, aber du musst das positiv sehen! Du verlierst nicht deine Existenz, du gewinnst deine Freiheit wieder. Du verlierst nicht Heim und Herd, nein, du entkommst endlich der Kerkerhaft deiner Ehe und wirfst deine Ketten ab. Alles gute Gründe, zu leben!

Schau doch nur, Mike! Die junge Frau, die da an deinem Tisch vorbeiläuft und gar nicht bemerkt, wie du da so tot rumhängst, weil sie nur Augen für ihr Smartphone hat. Das ist Kim.

Sieht sie nicht gut aus? Die hättest du haben können, wenn du dich nicht vorzeitig aus völlig lächerlichen Gründen der Langeweile und Hoffnungslosigkeit dazu entschieden hättest, dem Leben Lebewohl zu sagen und den Löffel abzugeben, der aus purem Gold war (relativ gesehen).

Schau sie dir doch nur an, Mike: dieses Fahrgestell, diese Frontpartie, dieser Heckspoiler. Ein feuchter Traum für jeden Autonarr, diese Kim. Wär das denn nichts?

Aber ich seh schon: Mit dir ist es hoffnungslos. So nimm es mir aber auch nicht übel, wenn ich mich von nun an Kim widme. Wer nicht will, hat bekanntlich schon.

Fortsetzung folgt.

NACH

DA~~VOR~~

Inspiriert durch den Film 남과여

Er wusste nicht, warum er der Frau, die er nicht kannte, in den Schnee hinaus folgte. Der Frau, die er nicht mehr kannte. Aber was hieß das schon heute noch? Was bedeutete schon Entfremdung, wenn es da immer noch eine körperliche Reaktion gab? Und die musste es zweifelsohne geben. Es musste da immer noch eine gewisse Anziehung geben, warum sonst sollte er ihr hier hinaus in den Schnee folgen?

„Ich kann das nicht mehr", dachte er bei sich, sprach es aber nicht laut aus.

„Dann lass es", sagte sie mit einem Lächeln in der Stimme, ohne sich umzudrehen. Sie kannte ihn.

Unbeirrbar stapfte sie auf den Wald vor ihnen zu.

Er folgte ihr.

„Warum kannst du mich nicht gehen lassen?" fragte sie, ohne sich umzudrehen. „Ich denke, es liegt daran, dass da noch zu viel ist, das unbekannt ist. Da ist noch zu viel Fremdes, das du kennen lernen möchtest", beantwortete sie dann selbst die Frage.

Der Schnee lag hier höher. Zudem setzte auf einmal Schneefall ein. Er wusste nicht mehr weiter. Also folgte er ihr in den Wald. Sie hatte ja Recht, eigentlich kannten sie sich nicht, weil sie sich gekannt hatten.

Er blieb stehen.

„Welchen Sinn soll das Ganze hier haben? Sag es mir oder ich gehe zurück."

„Zurück? Zurück wohin? Zurück zu wem? Vergiss nicht, es ist meine Geschichte", sagte sie und drehte sich dann um. Mit einem breiten Lächeln im Gesicht feuerte sie einen Schneeball auf ihn ab, der ihn mitten auf seine dicke Winterjacke traf.

Für einen Moment überlegte er, Gleiches mit Gleichem zu vergelten, doch dann entschied er sich dazu, durch den Schnee zu stürmen und sich auf sie zu stürzen.

Lachend landeten beide im Schnee. Sie unter ihm. Er zögerte einen Moment. Er schaute ihr in die Augen. Erwartungsvoll sah sie ihn an.

Er küsste sie.

Sie versteifte sich einen Augenblick lang, doch dann entspannte sich ihr Körper wieder und sie küsste ihn zurück, bis sie plötzlich zu lachen anfing.

Er war davon so überrascht, dass er sich von ihr in den Schnee wälzen ließ, so dass sie nun obenauf war.

Sie lachte ihn an und beugte sich dann runter, um ihn zu küssen.

Als sie sich für einen Augenblick löste, fragte er: „Wohin soll das Ganze führen?"

Sie sah ihn an, lächelte: „Immer gleich ums Große-Ganze besorgt. Frag doch lieber, wohin ich dich jetzt führen werde."

„Wohin?" fragte er.

Sie lächelte, stand auf, ergriff eine Hand von ihm. Er ließ sich von ihr hochziehen.

„Komm", sagte sie freudig lachend. „Lass es uns herausfinden."

„Das soll es also sein?" fragte er, als sie endlich vor einer fast vollkommen zugeschneiten Hütte stehen blieb.

„Ja", sagte sie.

„Hilf mir, den Eingang freizumachen", sagte sie und begann mit ihren Armen, einen Berg Schnee vor der Tür der Hütte wegzuschieben.

Er folgte ihrer Aufforderung und bald schon war der Eingang der Hütte freigeschaufelt.

„Was ist so Besonderes hier?" fragte er schwer atmend.

„Lass es uns herausfinden", sagte sie ebenso schwer atmend und zerrte dann am Türgriff.

Die Tür der Hütte rührte sich zuerst überhaupt nicht. Erst als er ebenfalls mit am Türgriff zog und zerrte, öffnete sie sich langsam und widerstrebend widerspenstig Millimeter um Millimeter unter einem durch Mark und Bein gehenden Kratzgeräusch von Metall auf Stein.

Schließlich war die Tür weit genug geöffnet, dass sie beide hindurchschlüpfen konnten.

Die Tür wieder zuzuziehen, erwies sich dann erstaunlicherweise einfach. Es war fast, als fiele die Tür von alleine zu.

„Und jetzt?" fragte er, als sie beide in der Mitte der dunklen Hütte standen.

„Woher soll ich das wissen? Lassen wir uns überraschen", antwortete sie.

Er setzte sich daraufhin auf einen Schemel und versuchte, sich im dämmrigen Licht der Hütte zu orientieren. Sie setzte sich auf eine Bank ihm gegenüber und sah ihn erwartungsvoll an.

– –

Hatte sie ihn damals auch so erwartungsvoll angesehen? Er konnte es nicht mit Sicherheit sagen. Es war Sommer gewesen. Er war in der U-Bahn. Da sah er sie das erste Mal. Er stand mit dem Rücken zum Gang und konnte so im Fenster all die Leute sehen und gänzlich unbemerkt studieren, die sich während der Fahrt durch die dunklen Tunnel darin spiegelten. Sie saß auf der Bank in seinem Rücken, etwas schräg von ihm. Dank des ‚Spiegels', den das Fenster bot, hatte er volle Sicht auf sie. Sie war ihm nicht sofort aufgefallen. Nachdem er sie jedoch bemerkt hatte, ließ er seinen Blick immer wieder zu ihr, das heißt: zu ihrem Spiegelbild gleiten. Er merkte, wie sie ihm von Mal zu Mal besser gefiel. Ihm wurde bewusst, dass aus seinem Blickegleiten und Blickeschweifen und Blickewerfen hier und da ein permanentes und immerwährendes

Starren wurde. In gewisser Weise war es ihm schon fast peinlich. Aber, so sagte er sich, er starre in Wirklichkeit nicht sie an, sondern nur ihr Spiegelbild, ja, in Wirklichkeit nicht einmal das, sondern auf die Haltestelle, in die die U-Bahn jetzt einfuhr.

Als der Zug aber wieder in die Dunkelheit des Tunnels eintauchte, sah er erneut ihr Spiegelbild, das, so schien es, in seine Richtung zu blicken schien. Schnell wand er den Blick ab. Sah sie ihn wirklich an? Oder nur sein Spiegelbild im Fenster? Er wagte einen Blick auf ihr Spiegelbild. Es schien wirklich so, als sah sie sein Spiegelbild an. Aber warum sollte sie das tun? Was hatte sie davon? Und tat sie es denn wirklich und wahrhaftig? Ihn packte auf einmal das Verlangen, sich umzudrehen und sich davon zu überzeugen, dass er sich nichts einbildete.

Als er sich jedoch endlich dazu durchgerungen hatte, hielt die U-Bahn schon in der nächsten Haltestelle. Die Türen öffneten sich und ein gigantischer Menschenpulk strömte in den Wagen. In wenigen Sekunden war alles voller Menschen zugestellt, so dass er sie nicht mehr als Spiegelung im Fenster sehen konnte, wenn die U-Bahn durch die Tunnel eilte.

Ein paar Stationen weiter lichtete sich der Wagen aber dermaßen, dass er wieder freie Sicht auf die Sitzbank in seinem Rücken hatte. Doch sah er sie dort nicht mehr sitzen. Selbst als er sich jetzt endlich umdrehte, um sich nicht mehr mit dem Spiegelbild abgeben zu müssen, blieb sie verschwunden. Sie musste irgendwann irgendwo vorher von ihm unbemerkt ausgestiegen sein.

Das zweite Mal, es war Herbst, hätte er sie fast übersehen. Er saß müde zu später Stunde in einem Zug der gleichen U-Bahn-Linie. Er ließ seine Blicke hier und da über die anderen Fahrgäste wandern, doch sah er nicht wirklich jemanden, da er mit seinen Gedanken ganz woanders war. Doch plötzlich hatte er das Gefühl, beobachtet zu werden. Er schaute von seinen Händen auf und ließ seinen Blick über die Leute im Wagen gleiten.

Wirklich! Da starrte ihn eine Frau geradezu ganz unverfroren an, während sie an ihrem Handy mit jemandem quasselte. Er schaute schnell wieder weg. Und schaute schnell wieder hin. Die Frau hatte den Blick nicht von ihm abgewandt. Ja, es erschien ihm, als sei er sogar noch durchdringender geworden. Warum nur? Was schaute sie ihn überhaupt an? Es schmeichelte ihm zwar, dass sie ihn nicht so feindlich anstarrte, wie viele andere – vor allem sehr junge – Frauen das in der U-Bahn zuweilen taten, aber so besonders war er doch auch nicht. Kannte sie ihn etwa? Kannte er sie? Er versuchte sich daran zu erinnern, wo er sie schon einmal getroffen oder gesehen haben könnte. Er brauchte die Entfernung zwischen drei Haltestellen, bis er endlich darauf kam. Während dieser Zeit warf er immer nur kurze Blicke in ihre Richtung, während sie ihm weiterhin unverhohlen voll ins Gesicht starrte, dabei aber weiterhin unablässig in ihr Handy quatschte.

Als er endlich darauf kam, wo er sie schon einmal gesehen hatte, wusste er zunächst nicht weiter. War ihr Starren ihre Rache für sein Starren zuvor? Oder starrte sie einfach nur so gedankenverloren vor sich hin, während sie in ihr Handy plapperte? Oder war sie vielleicht etwa an ihm interessiert? Wirklich interessiert.

Er wagte einen weiteren kurzen Blick in ihre Richtung. Und schaute sofort wieder weg. Hatte sie da etwa gerade einladend eine Augenbraue gehoben?

Er rang mit sich, was zu tun sei und was er tun solle.

Da fuhr die U-Bahn in die nächste Haltestelle ein. Die Türen gingen auf. Unter den wenigen zusteigenden Fahrgästen war ein junger Mann, der lächelnd und winkend auf die Frau zukam und sich zu ihr beugte, um ihr vor all den anderen Fahrgästen genau auf den Mund einen Kuss zur Begrüßung zu geben, als er sich endlich dazu durchgerungen hatte, in Aktion zu treten. So sah er, wie die Frau und der Mann sich küssten.

Mit niedergeschlagenem Blick ließ er sich in seinen Sitz zurückfallen, so dass er gar nicht mitbekam, wie sie ihn ansah. So, als wolle sie sagen: Selbst schuld!

Auch wenn es viele freie Sitzplätze in der Bahn gab und seine Haltestelle noch einige Stopps entfernt war, stand er in einer der Türen. Auf der Seite, auf der sie bei seiner Haltestelle aufgehen würde. Es war Winter. Er stand da und dachte an nichts Besonderes, bis er plötzlich fühlte, wie jemand neben ihm stand. Er warf einen kurzen Blick in die Fenster der Türen, die in den dunklen Tunneln wie Spiegel wirkten.

Da er die Person aber auf diese Weise nicht richtig sehen konnte, warf er kurzentschlossen einen kurzen Seitenblick auf sie.

Sein Blick traf auf einen Blick, der auf den seinen nur gewartet hatte.

Hastig wollte er sich schon abwenden. Doch da war dieser Blick, den ein Lächeln begleitete, wie er es schon seit Jahren nicht mehr gesehen hatte. Meinten der Blick und dieses Lächeln etwa ihn?

Er zwang sich, den Blick nicht abzuwenden, sondern den anderen Blick zu erwidern.

„Erinnerst du dich? Zweimal hattest du die Chance. Zweimal hast du sie nicht genutzt. Nun will ich aber meine Chance nutzen und das hier zu meiner Geschichte machen", sagte die Frau.

Er verstand sofort, was sie meinte, denn er hatte sie sofort erkannt. So sah er sie nun zum dritten Mal! Aber er wusste nicht, wie er auf das, was sie soeben gesagt hatte, reagieren sollte.

Aber das brauchte er auch gar nicht, denn als sich plötzlich die Türen der Bahn auf seiner Seite öffneten, ergriff sie seine Hand und zog ihn mit sich fort.

— —

Es war kalt in der kleinen Hütte. Er schaute sich in ihr um. Langsam gewöhnten sich seine Augen an das Halbdunkel. Er entdeckte einen Kamin. Einen Stapel Holzscheite daneben. Er stand auf und ging zum Kamin, um Feuer zu machen. Dann stellte er sich vor den Kamin und hielt seine Hände wärmend gegen das Feuer.

Einen Augenblick später stand sie neben ihm und hielt ihre Hände ebenfalls wärmend gegen das Feuer.

„Und jetzt?" fragte er und schaute sie an.

„Was jetzt?" fragte sie zurück und sah ihn an.

„Wie geht sie zu Ende, deine Geschichte?" fragte er.

Sie sah ihn lächelnd an, bevor sie ihn in ihre Arme zog und an sich drückte: „Soll es wirklich nur meine Geschichte bleiben? Ist es das, was du möchtest?"

„Nein", erwiderte er, ohne zu zögern, bestimmt.

„Dann ist es von jetzt an unsere Geschichte", sagte sie und lächelte ihn an. „Aber wenn es sich hier um unsere Geschichte handelt, dann lautet die Frage nicht, wie sie endet, sondern wie sie weitergeht."

„Wie geht unsere Geschichte weiter?" fragte er.

„Was weiß ich? Lassen wir uns überraschen", sagte sie und küsste ihn lächelnd.

Sie lag, die Arme auf seiner Brust verschränkt, auf ihn. Sie sah ihn an, der den Kopf gegen die Wand hinter sich gestützt hatte.

„Warum so nachdenklich?" fragte sie. „Du denkst doch nicht etwa über die Zukunft nach?"

Sie lachte.

Er richtete seinen gedankenverlorenen Blick auf sie: „Was wäre daran so falsch, wenn es denn so wäre?"

„Was wäre daran so falsch, sich überraschen zu lassen?" fragte sie zurück und begann, seinen Oberkörper mit Küssen zu bedecken, während sie langsam tiefer tauchte.

— —

Irgendwie kam ihn die Frau, die da einige Regale weiter stand, bekannt vor. Irgendwo hatte er sie schon einmal gesehen, dessen war er sich sicher. Um sicher zu gehen, schaute er noch einmal rüber.

Und genau in diesem Augenblick schaute sie von dem Buch, in dem sie blätterte, auf und ihn an.

Übertölpelt wollte er im ersten Moment seinen Blick abwenden, doch dann entschied er sich, ihr zuzunicken. Er hob außerdem die Hand zu einer halbherzigen Geste der Begrüßung.

Sie ließ das Buch sinken und schaute ihn an. Prüfend.

„Kennen wir uns?" fragte sie.

„Mir ist fast so, ja", antwortete er zurückhaltend.

„Woher sollten wir uns kennen?" fragte sie.

„Ich weiß es nicht. Ich bin mir aber dessen sicher", antwortete er.

„Warum sollten wir uns kennen?" fragte sie.

„Warum? Warum?" Er suchte nach irgendwas, was er ihr als Antwort vor die Füße werfen konnte. „Muss denn alles einen Grund haben?"

„Wenn Mann in einem Buchladen einfach so eine Frau anbaggert, schon", antwortete sie.

„Aber ich kenn dich. Ich kann mich jetzt nur nicht erinnern", wand er ein.

„Das ist alles, was du auf der Pfanne hast? Besseres hast du nicht zu bieten?" fragte sie. „Das ist alles? – Hier", sie kam raschen Schrittes auf ihn zugestiefelt, „ist ein Dating-Ratgeber. Er hat ein ganzes Kapitel darüber, wie ein Mann eine Frau erfolgreich anmacht. Er gibt auch Auskunft darüber, was ein Mann alles einer Frau bieten muss. Lies es, lern draus und versuch es dann noch einmal", sagte sie und drückte ihm das Buch auf die Brust.

Er nahm das Buch, wobei seine Hände die ihren streiften. Beiden stockte plötzlich der Atem.

Er schaute von dem Buch auf sie: „Warum liest du ein Buch, das sich an Männer richtet?"

Sie war immer noch völlig außer Atem. Die Berührung seiner Hände hatte ihr den Atem geraubt. So konnte sie ihn nur böse anstarren, bis sie wieder ihre Stimme gefunden hatte: „Um besser gegen euch Monster gewappnet zu sein. Ihr mit euren miesen-fiesen, schmutzigen Tricks, nichts als Fotzen im Kopf."

Er schaute wieder auf das Buch und las den Titel laut vor: „*Kleiner Ratgeber für große Mädchen für die Zeit nach dem Traumprinzen**."

„Ach", schnaubte sie zur Antwort und drehte sich um, warf ihm aber noch ein „Viel Glück!" über die Schulter zu.

Sie eilte den Gang der Regale voller Bücher hinunter und ließ ihn mit dem einen Buch zurück.

Nun fiel ihm endlich ein, woher sie sich kannten.

Schließlich kaufte er das Buch, was er sich beim Verlassen der Buchhandlung in die Manteltasche steckte, in die es aber nicht so ganz passte, so dass es etwas herausschaute.

---

* Anmerkung des Verfassers: Ich weiß nicht, ob es in der Realität solch eine Art von Ratgeber gibt, da ich nicht gezielt danach gesucht habe. Es gibt jedoch von der Autorin Debbie Macomber einen Roman mit dem Titel *A Girl's Guide to Moving On* (Ballantine Books: New York 2016).

Als er auf dem Bahnsteig auf seine U-Bahn wartete, fühlte er, wie jemand das Buch aus der Manteltasche zog. Er wirbelte herum. Da stand sie, Buch in Händen, und lachte.

„Ich kann's nicht glauben, dass du's wirklich gekauft hast, du armer Wurm", sagte sie.

Er schaute sie nur an.

Sie wedelte mit dem Buch vor seiner Nase: „Warum kaufst du sowas, wenn du weißt, dass du es nicht brauchst?"

„Ich dachte, es hilft mir, aus dir schlau zu werden, dich zu durchschauen", entgegnete er.

Für einen Augenblick schaute sie verletzt drein und er war schon fast dabei, etwas zur Entschuldigung vorzubringen, als sie in ein Lachen ausbrach, das nicht mehr enden wollte.

Schließlich kriegte sie sich doch wieder ein: „Warum nur so ernst?" fragte sie.

„Du weißt nur zu gut, warum", entgegnete er ihr.

„Hey!" rief sie daraufhin. „Der Satz gehört uns! Komm ja nicht darauf, ihn für euch zu reklamieren!"

Sie versuchte, ein ernstes Gesicht zu machen, doch ihr Lachen zerstörte die halbherzig aufgezogene Fassade.

Er rührte sich nicht, während sie sich vor Lachen schüttelte.

Sie krümmte sich vor Lachen, kringelte sich und konnte sich einfach nicht mehr einkriegen.

Als sie sich schließlich doch wieder einigermaßen unter Kontrolle hatte, sah sie sich um, bis sie gefunden hatte, was sie suchte. Mit wenigen Schritten war sie bei dem Abfalleimer, in dem sie dann mit weit ausholender Bewegung das Buch donnerte. Dabei rief sie ihm zu: „Das brauchst du wirklich nicht mit mir, glaub's mir!"

Er rührte sich weiterhin nicht und entgegnete ihr auch nichts.

Sie rannte zu ihm zurück und ergriff seine Hand genau in dem Augenblick, in dem die Lautsprecher der Haltestelle den herannahenden Zug ankündigten.

„Wie aufs Stichwort", sagte sie ihn anlächelnd und zog ihn dann in den Zug, als sich dessen Türen öffneten.

Der Wagen war voller Leute, sie hatten nur wenig Platz. Sie schmiegte sich an ihn.

Er beugte sich etwas vor, küsste ihr auf den Kopf und fragte dann: „Warum das gerade eben?"

„Warum nicht?" fragte sie zurück und lächelte zu ihm hoch: „Mach dir nicht zu viele Sorgen. Mit mir bist du sicher."

– –

„Was ist so falsch an der Zukunft?" fragte er sie.

„Nichts, solange die Zukunft in der Zukunft bleibt", antwortete sie.

„Soll die Zukunft denn nicht Gegenwart werden?" fragte er.

„Und was soll dann aus der Gegenwart werden?" fragte sie zurück.

„Ja, was schon? Vergangenheit", antwortete er.

„Eben", gab sie zurück. „Eben."

Er hatte nicht erwartet, sie hier anzutreffen. Er hatte sie in diesem Café noch nie zuvor gesehen. Nun saß sie aber da und spielte mit dem Löffel ihrer Kaffeetasse. Er ging zu ihrem Tisch.

Sie sah genau in dem Augenblick auf, als er bei ihr angelangt war.

„Nicht jetzt", sagte sie, ohne zu lächeln.

„Nicht jetzt?" fragte er.

„Nicht jetzt", bestätigte sie und wandte den Blick wieder von ihm ab.

— —

Sie hatte sich fest an ihn geschmiegt, ja, sich fast in ihn verkrochen. Sie hielt seine Hände fest in den ihren. Ihr Gesicht in seiner Brust vergraben.

Er fühlte sich leicht. Er atmete ihren Geruch, ihre Gegenwart, er atmete sie ein. Und er konnte immer noch nicht glauben, wie einfach alles sein konnte.

Er lächelte in der Dunkelheit der kleinen Hütte.

„Verlass mich nicht", murmelte sie da plötzlich in seine Brust.

„Was? Was hast du gesagt?" fragte er.

Sie reagierte zunächst nicht. Dann löste sie sich etwas von ihm, um ihn in der Dunkelheit anzusehen: „Verlass mich nicht", brachte sie gerade noch heraus, bevor sie ein Schluchzer zerriss und sie zu weinen begann.

Er zog sie an sich, küsste die Tränen hinfort, streichelte sie, bis sie sich wieder einigermaßen beruhigt hatte.

„Du brauchst dich nicht zu fürchten, ich verlasse dich nicht", flüsterte er ihr ins Ohr.

„Ich habe aber Angst", sagte sie und drückte sich ganz fest an ihn.

„Warum nur? Wie kommst du überhaupt auf die Idee, ich könnte dich verlassen?" fragte er und schloss seine Arme fest um sie.

„Weil es das ist, was ich tue, jedes Mal, immer und immer wieder", sagte sie und brach erneut in Tränen aus.

– –

„Wann dann?" fragte er.

„Später", sagte sie.

„Später?" fragte er.

„Ja, später", bestätigte sie, „geh jetzt. Ich rufe dich an."

Ihm behagte das Ganze nicht. Er hatte überhaupt kein gutes Gefühl bei der Sache. Trotzdem wollte er schon gehen, als ihm einfiel: „Wie kannst du mich anrufen, wenn du meine Nummer nicht hast?"

Sie sah ihn wieder an. Verärgert.

„Was?" fragte sie.

„Wie willst du mich anrufen, wenn du meine Nummer gar nicht hast?" wiederholte er die Frage.

„Wie?" fragte sie zurück und lächelte ihn jetzt das erste Mal an: „Lass dich überraschen."

Er erwachte von den ersten Sonnenstrahlen, die durch das verdreckte kleine Fenster in das Innere der kleinen Hütte drangen. Sie lag immer noch eng an ihn geschmiegt und atmete regelmäßig in seinen Brustkorb hinein. Sanft streichelte er ihr Haar, während er zum Fenster schaute.

„Die Sonne geht auf", sagte er leise und küsste ihr auf den Kopf.

Ihr Atem setzte für einen Augenblick aus. Sie begann, sich kurz zu rühren, hob den Kopf ein wenig.

„Schon?" murmelte sie noch ganz schlaftrunken.

Kaum hatte sie das gesagt, erfüllte ihn eine gewisse Traurigkeit, die den Frieden, den er gerade noch verspürt hatte, in Tausend Stücke zerspringen ließ.

„Ja", antwortete er und drückte sie fest an sich.

– –

Auf den ersten Blick hatte er sie gar nicht erkannt. Er hatte sie für irgendeine Frau gehalten, die dort am Straßenrand steht und darauf wartet, endlich die Straße überqueren zu können. Als er mit dem Wagen jedoch nur noch wenige Meter von der Stelle entfernt war, wo sie stand, warf er einen zweiten Blick auf sie und erkannte sie.

Er war schon dabei, den Blinker zu setzen, abzubremsen und an den Straßenrand zu fahren, um ihr eine Mitfahrgelegenheit wohin auch immer anzubieten, als er einen Mann bemerkte, der sich ihr schnellen Schrittes von hinten näherte und ihr etwas zuzurufen schien.

Sie drehte sich augenblicklich zu dem Mann um und warf sich lachend in dessen Arme. Überglücklich, wie es ihm schien, drehte sich das Paar mehrmals um die eigene Achse.

Statt abzubremsen, erhöhte er das Tempo und preschte hastig davon, froh darüber, dass sie seinen Wagen nicht kannte.

– –

Sie klammerte sich eng an ihn und presste ihren Unterleib ganz fest gegen den seinen.

„Ich möchte nicht gehen, niemals, nie", murmelte sie. „Können wir, wenn es denn schon sein muss, die Zukunft nicht auch hier beginnen lassen?"

Er musste eingeschlafen sein, denn als er erwachte, schien die Sonne direkt durch das verdreckte Fenster in die kleine Hütte. Doch war es nicht die Sonne, die ihn geweckt hatte. Es war ein Gefühl der Leere... in seinen Armen.

Er schreckte hoch. Sprang auf. Schaute herum.

Von ihr war nichts zu sehen.

Ihm war plötzlich kalt. Hastig vergrub er sich wieder in den Decken auf der Holzbank. Doch die Wärme wollte nicht wiederkehren.

Sie war fort.

– –

Sein Handy piepte. Piepste. Er hatte eine neue Nachricht erhalten: „Überraschung! Ich bin's!"

Obwohl er die Nummer nicht kannte, wusste er sofort, wer ihm die Nachricht geschickt haben musste. Er löschte sie augenblicklich.

Einige Minute später piepte und piepste sein Handy erneut. Wieder eine Nachricht von der gleichen unbekannt-bekannten Nummer: „Jemand zu Hause?"

Die Nachricht begann mit einem roten Herzen und endete mit einem ebensolchen.

Wieder löschte er die Nachricht umgehend.

Wenige Minuten später piepte und piepste sein Handy ein weiteres Mal. Wieder eine Nachricht von ihr: „Bist du mir böse oder was?"

Dieses Mal bequemte er sich zu einer Antwort: „Ja."

Postwendend antwortete sie: „Warum bist du mir böse?"

Er überlegte einen Moment, bevor er antwortete: „Das weißt du ganz genau."

Wieder antwortete sie postwendend: „Darum bist du mir böse??"

Er antwortete ebenso umgehend: „JA!!!"

Für eine Minute war sein Handy totenstill, dann piepte und piepste es wieder: „Lass uns treffen. Jetzt sofort!"

Er wollte zunächst nicht darauf reagieren, dann jedoch tippte er schnell ein „Wozu?".

Ihre Antwort kam wieder postwendend: „Lass dich überraschen." Anfang und Ende der Nachricht zierten wieder rote Herzen.

Er lachte bitter auf, als er ihre Nachricht las. Rasch schrieb er ihr dann seine Antwort: „Es war schon eine Überraschung zu viel für mich. Keine Überraschungen mehr."

Sie reagierte schneller, als er erwartet hatte: „Bitte lass uns treffen. Ich brauche dich. Ich will dich nicht verlieren."

Er überlegte für mehrere Minuten. Er überlegte so lange, dass sie ihm eine weitere Nachricht schickte: „Noch da?"

Einerseits machte ihn die Nachricht wütend, denn er hasste es, gedrängt zu werden. Andererseits... Er schrieb ihr ein kurzes „ja".

„Und?" kam es augenblicklich umgehend postwendend zurück.

Zu mehr als einem „Wo?" konnte er sich nicht durchringen.

Sie nannte ihm einen Treffpunkt, worauf er ihr schrieb: „Okay. Komm dich abholen."

Ihre Antwort bestand aus nicht mehr als einem Kuss-Emoticon. Eingebettet zwischen zwei roten Herzen.

Er sah sie schon von weitem am Straßenrand stehen. Er hielt in seinem Wagen direkt vor ihr, öffnete ihr die Tür von innen für sie. Sie stieg ein. Dann saßen beide da in ihren Sitzen und wussten nicht weiter. Tiefe Stille breitete sich zuerst zwischen ihnen und dann im ganzen Wagen aus. Allein der Motor war zu hören. Bis er ihn ausstellte.

„Warum brauchst du mich?" fragte er, ohne sie anzuschauen.

Da beugte sie sich vor, nahm sein Gesicht zwischen ihre Hände und küsste ihn voll auf den Mund.

Sie küsste ihn lange, doch er reagierte nicht.

Sie löste sich von ihm, schaute ihn fragend an.

Er schaute sie ernst an: „Wenn das alles ist, wofür du mich brauchst, dann…"

„Natürlich nicht", unterbrach sie ihn.

„Wenn du denkst, dass es so einfach ist, mich…", begann er wieder ernst.

„Was denn sonst? Natürlich ist es einfach. Es ist ganz einfach so. Warum musst du es uns jetzt nur so schwer machen? Traust du mir nicht?" unterbrach sie ihn da erneut und schaute ihn an – mit Tränen in den Augen.

„So ist es", antwortete er ihr. „Ich traue dir nicht."

Sie brach in Tränen aus. Er tat nichts, um sie zu trösten. Er ließ sie weinen.

Als sie sich wieder gefangen hatte, sagte sie noch mit tränendurchtränkter Stimme: „Bitte lass uns wegfahren. Du fährst, ich weise dir den Weg."

Er schaute sie an, rührte sich aber nicht.

„Bitte lass uns wegfahren. Bitte vertrau mir", brachte sie noch hervor, bevor sie wieder in Tränen ausbrach.

„Wozu?" fragte er und rührte sich weiterhin nicht.

„Bitte vertrau mir. Lass uns nach Hause fahren", kam es von ihr unter Tränen.

„Nach Hause? Was soll das denn jetzt heißen?" fragte er und schüttelte den Kopf.

„Du fährst und ich sage dir den Weg dahin. Nach Hause. Bitte", bettelte sie.

Lange schaute er sie nur an, bevor er schließlich den Motor doch wieder anließ.

„Danke", brachte sie noch hervor, bevor sie ein weiteres Mal in Tränen ausbrach. Dieses Mal vor Erleichterung.

– –

Er hörte, wie die Tür der Hütte sich zu öffnen begann. Metall schrapte über Stein, kreischte auf.

Er warf sich in den Decken herum.

Sie stand in ihrem Mantel in der Tür.

Hastig kam sie herein, schloss die Tür und hüpfte barfuß („Kalt, kalt, kalt, kalt, kalt...") über den Steinboden zu ihm. Bei ihm angekommen, warf sie den

Mantel, unter dem sie vollkommen nackt war, eilig ab und hob eiligst die Decke, unter der er lag, und schlüpfte sich an ihn kuschelnd darunter. Er schloss sie umgehend in seine Arme.

„Auch wenn ich viel Blödsinn rede, so kannst du mir trotzdem vertrauen. Egal, was ich auch sage, wichtig ist nur das hier", sagte sie und küsste ihn.

Komplikation

Das ist die Geschichte von Kim. Wie Sie sehen können, ist sie jung, attraktiv und hat ihre Zukunft sicherlich noch vor sich. Aktuell ist es jedoch ihr Smartphone, das sie vor sich hat. Das top-aktuelle Modell vom hipsten Anbieter den aktuell gibt. Ausgestattet mit allen möglichen Raffinessen, die man sich nur ausdenken kann, und den coolsten Funktionen und Apps überhaupt.

Geradezu ehrfürchtig starrt Kim auf ihr Smartphone. Wenn sie das Ding nicht endgültig all überall begehrenswert macht, ist ihr auch nicht mehr zu helfen.

Zitternd spricht sie in ihr Smartphone, denn sie muss es wissen, auch wenn sie es nicht wissen will: „Smartphone, Smartphone in der Hand, wer ist die Schönste im ganzen Land?"

Ihr Smartphone gibt ihr nicht sofort eine Antwort. Ihr Herz beginnt wie wild zu rasen, denn mag sie auch wissen, dass sie unmöglich die Schönste im ganzen Land sein kann, so glaubt sie dennoch daran, ist es ihr schließlich von ihrer ganzen Familie unablässig eingehämmert und eingebläut worden. Und versetzt Glauben nicht bekanntlich Berge? Vielleicht ist er auch genug, sie schön zu machen, begehrenswert, geliebt, beliebt, geliked.

Ihr Smartphone besitzt den Anstand, nicht laut hinauszuposaunen, was es denkt, als es sich endlich dazu bequemt, ihr zu antworten. Zunächst fragt es auf dem Display einfach nur: „Willst du mich verarschen?"

Dieser Frage folgen Bilder junger Frauen. In Sekundenbruchteilen folgt Bild auf Bild auf dem Display. Immer schneller folgt Bild um Bild, immer schöner werden die darauf gezeigten Frauen, immer mehr werden sie.

Auch wenn es sie getroffen hätte, wäre auch nur eine Frau schöner gewesen als sie, hätte sie das doch irgendwie überleben können. Aber die Bilderfolge immer schöner werdender Frauen auf dem Display ihres Smartphones will einfach kein Ende nehmen: Bild auf Bild auf Bild auf Bild auf Bild…

Und Bild um Bild um Bild um Bild zerbröselt Kims Selbstbewusstsein, zerschmilzt unter dem perlweißen Strahlen der immer schöner werdenden Frauen auf den

Bildern und zerrinnt irgendwo in den Ritzen des Bodens im Großraumbüro.

Aus den Ritzen werden Spalten. Aus den Spalten werden Abgründe. Bodenlose Abgründe. Kim fühlt sich darin abstürzen und verschwinden.

Nein, nein! So kann es nicht weitergehen! So darf es nicht weitergehen, will ich meine Geschichte hier nicht gefährden.

Ich versuche, Kim Mut zu machen. Was hat ihr das Smartphone denn gezeigt? Fotos. Nicht mehr. Seit wann zeigen Fotos die Wahrheit, bitteschön? Nur als Beispiel: Es gibt Fotografen, die machen ein Bild von dir mit ihrer Digitalkamera. Am Computer kannst du dir dann zu deinem Gesicht die passende Frisur und die passende Kleidung aussuchen. Und hast du Akne ohne Wiederkehr, kann der Fotograf sie auch verschwinden machen. Mit Realität hat das nichts mehr zu tun. Wieso auch? Es geht hier nur noch ums Verkaufen. Dein Foto soll dir einen Käufer an Land ziehen. Und wenn die Zauberkünste des Fotografen dazu nicht ausreichen, so zieh einen anderen Experten hinzu. Wenn du die Möglichkeit und das Geld hast, lass dich nicht nur billig mit einem Bildbearbeitungsprogramm auf schön trimmen, nein, leg dich unters Messer und wach nach der OP als schöner Mensch auf.

Es ist nicht deine Schuld, Kim, wenn man als Naturschönheit keinen Blumentopf mehr gewinnen kann. Bildbearbeitungsprogramme und Plastik haben den Markt kaputt gemacht. Aber keine Panik. So schlimm ist es auch nicht. Auch du kannst dich für das aktuelle Schönheitsideal unters Messer legen wie jede und jeder andere Minderbegabte auch.

Kim schüttelt den Kopf und ich weiß, warum. Das Problem – und es ist das letzte Problem der heutigen Zeit, das letzte Mysterium sozusagen – ist Geld. Sie hat das Geld für eine Schönheits-OP nicht. Aber auch das ist nicht wirklich ein Problem in der heutigen Zeit. Das Zauberwort heißt Kredit. Wozu hast du dein topaktuelles Smartphone, Kim, wenn nicht dazu, klickschnell einen Kredit aufzunehmen, um morgen schon ein schöner Mensch zu sein, der schönste im ganzen Land?

Ist es nicht beglückend für Sie zu sehen, wie in Kim die Hoffnung wieder aufkeimt? Die Lösung all ihrer Probleme nur einen Klick entfernt!

Kim fragt ihr Smartphone nach Kredit.

Dieses Mal lässt ihr Smartphone jeglichen Anstand fahren, den es zuvor noch walten ließ. Das ganze Großraumbüro hört es höhnisch auflachen.

Kim starrt ungläubig auf das Gerät in ihren Händen. Was schmerzt nun mehr? Die Gewissheit, in den Augen der Welt ein Nichts zu sein, oder der Verrat durch das ihr Liebste auf der Welt?

Als hätte sie sich verbrannt, lässt sie das verächtlich lachende Ding fallen und rennt los, raus aus dem Großraumbüro, die Treppen runter auf die Straße, wo sie ein Taxi anhält.

Was hat sie nur vor? So habe ich mir das hier gar nicht vorgestellt. Woher soll ich es aber auch wissen? Hat sie nicht wie eine Gewinnerin ausgesehen? Nach einem Problemfall wie Mike sah sie doch nicht aus. Sie sah nach einer Geschichte mit Happy End aus. Versuchen wir also zu retten, was zu retten ist! Wofür sonst auch hat man denn eine soziale Ader?

Das Taxi hat inzwischen auf einer Brücke angehalten, sie ausgespuckt und ist eiligst wieder davongebraust. Gut sieht das nicht aus. Gar nicht gut sieht das aus, wie sie da nun auf der Brücke steht und ins Wasser starrt.

Kim, was sollen nur die Leser von dir denken? Dass du gleich bei den ersten Anzeichen von Problemen kneifst und den Weg des geringsten Widerstandes suchst? Willst du, dass die Leser dich so in Erinnerung behalten? Als Feigling? Als Verlierer? Als Opfer des eigenen Unvermögens?

Zugegeben: Eine Zukunft hast du augenscheinlich nicht und eine Perspektive kann ich dir auch nicht bieten. Aber deswegen gleich von einer Brücke springen?

Wozu? Wozu soll das gut sein?

Aber halt! Warte mal einen Moment mit deinem doppelten Rittberger ins Verderben! Ich krieg da was rein. Da kommt was geflogen! Aber was nur? Ein Vogel? Eine Drohne? Ein Meteorit? Oder gar ein Superheld?

Ja, ist es denn die Possibility? Es ist ein Superheld!

Kim! Spring jetzt nicht! Du kollidierst sonst noch mit unserem Superhelden und versaust ihm so seinen Auftritt! Denk an die Bilder, die das gibt! Du wärst nicht nur schuld an deinem Tod, sondern auch an dem seinen in den sozialen Netzwerken. Willst du das?

Oder warte! Nun versteh ich dich! Was für eine Idee, Kim! Du springst, lässt dich von ihm retten und nach einigen Komplikationen, die einen ganzen Roman oder eine ganze graphic novel ergeben, lebt ihr glücklich bis ans Ende eurer Tage oder bis zum Beginn der Fortsetzung. Welch genialer Einfall, Kim!

Mach es, Kim! Spring!

Sie springt.

Der Superheld kommt herangebraust.

Und der Superheld verfehlt sie!

Er verfehlt sie!

Kim schlägt auf das Wasser unterhalb der Brücke auf. Sie versinkt und kommt nicht wieder hoch, während der Superheld weiterfliegt, als wäre nichts geschehen, als hätte er gar nicht gesehen, wie eine junge Maid sich unter seiner Wacht ins Unglück stürzt und zu Tode springt.

Mein Gott! Wie konnte das nur passieren? Was ist das nur für ein Superheld, der seinen Job nicht beherrscht? Oder ist es etwa ein Superheld, der gerade Mittagspause hat? Oder ist es gar ein Superheld, der seinen Job gar nicht machen möchte?

Finden wir es heraus!

Fortsetzung folgt.

Familienwahrheiten

Ein Anfang

Best case scenario? Family as a shithole of hell.

Februar 2016

Berlin

„Schatz, alles in Ordnung mit dir?"

Ich erinnere mich nicht an die Beerdigung meines Vaters, obwohl ich zu dem Zeitpunkt schon 4 war. Ich erinnere nur das, was mir später darüber erzählt wurde – von meiner Großmutter natürlich, nicht von meiner Mutter. Meiner Großmutter zufolge hätte ich zuerst immer nur gefragt, wo Papa sei. Meine Mutter hatte mich auf dem Arm und wollte erst nicht antworten, bis ich zu schreien anfing. Meiner Großmutter zufolge stellte meine Mutter mich daraufhin auf den Boden, langte mir eine und schrie mich an. „Er ist da im Sarg", soll sie meiner Großmutter zufolge geschrien haben. „Er ist da im Sarg, tot, und kommt nie wieder. Und nun sei stille, sonst gehe ich das nächste Mal allein zu einer Beerdigung, und zwar zu deiner, du ungezogener Nichtsnutz", soll sie meiner Großmutter zufolge geschrien haben. Und meiner Großmutter zufolge soll ich daraufhin prompt verstummt und stille geworden sei. Von da an soll ich meiner Großmutter zufolge der brave Junge gewesen sein, der ich noch heute bin. Wie gesagt: Ich erinnere mich an nichts davon. Um der Wahrheit die Ehre zu geben, erinnere ich mich auch nicht an meinen Vater. Ich kenne ihn nur von einigen wenigen Bildern und von einigen Erinnerungsfetzen meiner Mutter, die sie mir mit äußerster Widerwilligkeit zuwarf, wenn ich mal etwas wissen wollte und partout nicht lockerließ. Das war aber selten. Es war seltenst. Ich hatte einfach nicht das Bedürfnis. Um der Wahrheit auch weiterhin die Ehre anzutun, hatte ich auch nie das Bedürfnis verspürt, zu hinterfragen, warum ich mich nicht an die Beerdigung meines Vaters oder an sonst was aus meinen ersten 6 Lebensjahren erinnere. Ich denke, ich habe es einfach hingenommen, wie es war. Es war normal. Wie auch normal war, dass meine Mutter und ich uns nie wirklich nahe waren. Aber meiner Großmutter konnte ich immer 100%ig vertrauen und tue es noch heute, wo sie mir die einzig verbliebene Familie ist, sieht man einmal von Leni ab, Leni Mayer, meiner Verlobten. Doch die Hochzeit ist erst in 5 Monaten. Ihre Familie wollte viel Zeit im Voraus zum Planen. So tickt halt ihr Clan. So ist sie halt, ihre Familie.

Meine also in nicht allzu ferner Zukunft auch? Wer weiß? – Wie aber schon gesagt: Ich kann mich an die Beerdigung meines Vaters nicht erinnern. Zu Ehemann Nummer 2 meiner Mutter besteht kein Kontakt mehr, seitdem er uns damals – ich war 14 – verlassen hat. Ehrlich gesagt besteht da von meiner Seite auch kein

Bedarf an Kontakt zu. Und sonst? Es ist so eine Sache. Meine Mutter kämpfte für lange Zeit mit Krebs und verlor den Kampf wie kurz vor ihr auch schon Lemmy und David Bowie. Es musste auch eine Beerdigung gegeben haben, doch fragen Sie mich nicht danach. Ich erinnere nichts davon. Aber warum wären wir, das heißt Leni und ich, jetzt sonst hier bei dem Anwalt meiner Mutter? Eigentlich hatten wir schon alles zu ihren Lebzeiten geklärt. Das ist, um ehrlich zu sein, der Vorteil, wenn der Krebs nicht blitzsiegt. Man hat Zeit, Dinge zu klären – wie die Sache mit dem Erbe. Das war meiner Mutter überraschenderweise wichtig, wenn auch sonst wenig. Aber da man bei meiner Mutter nie genau weiß, woran man wirklich ist, nun, auf eine Überraschung muss man sich immer gefasst machen. Und na klar: Überraschung! Ihr Anwalt hatte uns zu sich gerufen und mir einen großen Umschlag überreicht. In dem Umschlag waren zwei große Notizbücher und ein kleiner Umschlag.

„Die Tagebücher sind für Sie. Den Umschlag sollen Sie in den nächsten Briefkasten werfen. Ihre Mutter hat den Namen und die Adresse des Empfängers schon auf den Umschlag geschrieben und ihn ausreichend frankiert", sagt ihr Anwalt.

Ich schüttele den Kopf. Was ist das denn jetzt? Meine Mutter und Tagebücher? Sie, die immer nur von jetzt auf gleich gelebt hatte? Und was soll das mit dem Brief? Soll ich jetzt den Postboten spielen? Ich schaue auf den Umschlag und lese den Namen des Adressaten.

Und eine Tür geht in mir auf und ich seh eine kleine Hand, wie sie einen übergroßen kotzgrünen Telefonhörer hält und eine aufgekratzte Stimme gute Stimmung zu machen versucht, der Person, die ihr zuhört, versichert, dass alles gut sei und sie bald, sehr bald, sehr, sehr bald schon wieder zurück sei.

Die Stimme gehörte meiner Mutter und war falsch. Die Hand, die den – ich wiederhole mich – potthässlichen Hörer hielt, gehörte mir. Oder, um wieder der Wahrheit die Ehre zu geben: meinem 4jährigen Ich. Aber schon dieses 4jährige Nichts hörte die Falschheit heraus und fühlte körperlich, wie verlogen alles war, was da aus dem Hörer quoll.

Diese elende Verlogenheit. Sie war ihre Waffe, gegen die ich vollkommen machtlos war. Vollkommen. Sie war ihre Waffe, die mich ihr total auslieferte. Total.

Ich kenne den Namen auf dem Umschlag nicht. Überhaupt nicht. Ganz und gar nicht. Und doch löst er eine solche Reaktion in mir aus? Danke!

Und schon bin ich einfach nur wütend, reiße den Umschlag auf und hole den Brief raus.

Das Papier ist alt! Mehrmals geknickt! Egal. Der Anwalt lamentiert? Mault rum? Ist am Herummosern? Scheißegal. Ich lese den Brief. Ich lese den Brief jetzt.

„Stine! So. Klappe zu, Affe tot. Isser also tot. Wo ist das Problem? Sieh es als Chance. Du bist wieder frei und noch jung genug, um dir anzulachen, wen du magst. Die Welt steht dir offen. Gott mag einen Sargdeckel geschlossen, dafür aber auch irgendwo eine Tür geöffnet haben. Sieh nach vorn und nicht zurück", steht da auf dem Briefbogen, dessen Kopf das Wappen der George Washington University ziert und ein Name dazu, den ich schon vom Umschlag her kenne.

Ich les den Brief noch einmal. Erst jetzt bemerke ich, dass er gar nicht in der Handschrift meiner Mutter verfasst ist. Dazu die Unterschrift. Ein schwer entzifferbares ‚Wolfgang'. Muss eben dieser Wolfgang G. Wolfram vom Briefkopf sein. Eben genau jener Wolfgang G. Wolfram vom Umschlag.

Aber halt!

Ich schaue mir die Adresse auf dem Umschlag genauer an. Der Wolfgang G. Wolfram auf dem Umschlag ist an der UCLA, nicht an der GWU. Die Handschrift auf dem Umschlag ist aber unleugbar die meiner Mutter. Ich schaue mir noch einmal den Brief an.

Das ergibt alles keinen Sinn!

Irgendwie beginnt sich alles um mich herum zu drehen.

Bis mein Blick auf das Datum auf dem Brief fällt: 13.6.1985. Es war das Jahr, in dem mein Vater starb. Und wenn mein Gedächtnis mich jetzt nicht im Stich lässt, wurde der Brief gerade mal zwei Tage nach dem Tod meines Vaters geschrieben.

„Das ist einfach nur krank", kam es mir da unwillkürlich über die Lippen. „So krank!"

„Was, Schatz?" fragte Leni. „Was denn nur?" fragte sie und berührte meine Wange. „Warum weinst du?"

Ich reichte ihr den Brief: „Lies selbst."

Zu dem Anwalt meiner Mutter, der mich verwirrt und böse zugleich anschaute, sagte ich: „Wer ist dieser Wolfgang G. Wolfram?"

„Da kann ich Ihnen leider nicht weiterhelfen. Das einzige, was ich weiß, ist, was Sie mit dem Brief machen sollen", antwortete der Anwalt.

Ich überlegte, Mormor anzurufen. Sie müsste was wissen. Doch da hielt mir Leni schon ihr Smartphone hin: „Prof. Dr. Dr. Dr. Wolfgang G. Wolfram an der UCLA. Hier ist sein Profil von der Uni-Seite."

Ich schaute mir das Profil an. Es enthält auch eine Telefonnummer für sein Büro an der Universität. Ohne auch nur einen Moment zu zögern, tippte ich die Nummer in mein Smartphone ein.

Es dauerte Ewigkeiten, bis jemand rangeht.

„Wissen Sie, wie spät es ist?" fragte eine weibliche Stimme im breitesten American English. Eindeutig verschlafen. Unüberhörbar sauer: „Wehe, es ist nicht wichtig."

„Ist das das Büro von Professor Wolfgang G. Wolfram?" fragte ich in einem Englisch mit unüberhörbarem deutschen Akzent. So viel zu meinem englischen Erbe.

„Soll das ein Witz sein?" fragte die weibliche Stimme in einem Ton, der unmissverständlich zu verstehen gab, dass sie gleich auflegt.

„Der Tod hat keinen Humor. Bitte holen Sie Herrn Professor Wolfram an den Apparat. Es handelt sich um einen Todesfall", sagte ich und versuche, meiner Stimme Autorität zu verleihen. Es schien zu funktionieren.

„Okay, okay. Aber warten Sie. Er hatte einen seiner schlechten Tage. Darum bin ich überhaupt noch hier und darum haben wir seine Anrufe in die Universität nach Hause verlegt. Todesfall, sagen Sie?" kam es jetzt mehr verwirrt als verärgert aus dem Hörer.

„Ja, ein Todesfall in der Familie", sagte ich.

„Okay, okay. Und Sie sind?" fragte sie.

„Adrian Christopher Kilburn. Bitte holen Sie ihn jetzt endlich ans Telefon. Ich warte. Danke", sagte ich.

„Okay, okay. Wird nur was dauern. Haben Sie Geduld", sagte die weibliche Stimme. „Übrigens: süßer Akzent", sagte sie dann noch und war dann weg.

Leni und der Anwalt meiner Mutter schauten mich an. Ich starrte zurück. Wie, wusste ich nicht. Ich wusste nicht, was ich fühlte. Ich wusste nicht, was ich fühlen sollte. Es war einfach nur krank. Das alles hier. Aber, um erneut der Wahrheit die Ehre antun zu müssen, neu war das nicht. Meine Mutter halt.

Nach einer halben Ewigkeit hörte ich eine männliche Stimme in den Hörer husten: „Yes?" Ein American English wie ein Amerikaner sich vorstellen mag, dass ein Deutscher American English mit deutschem Akzent spricht. Folter pur.

„Sie wissen, wer ich bin?" fragte ich auf Deutsch.

„Nein", kam es auf Deutsch zurück.

„Mein Vater war Reginald Roberts Kilburn-Brent. Ich bin sein Sohn: Adrian Christopher Kilburn."

„Was ist mit dem Brent passiert?" kam es zurück.

„Was?" fragte ich aus dem Konzept gebracht.

„Was haben Sie mit Ihrem ‚Brent' gemacht?" kam es zurück.

„Das spielt hier jetzt keine Rolle", sagte ich und war schon wieder fast auf 180. „Meine Mutter ist Stine Kilburn-Brent. Sie ist gestorben."

„Und was hat das mit mir zu tun? Das ist nicht mein Problem, " kam es zurück.

„Was?" fragte ich erneut aus dem Konzept gebracht.

„Was hat das mit mir zu tun? Stine hat mich vor über fünfunddreißig Jahren für Ihren Vater verlassen. Ende der Geschichte", kam es zurück.

„Sie hat Ihnen einen Brief hinterlassen. Einen Brief, den Sie selbst ihr vor 31 Jahren geschrieben haben", sagte ich.

„Ach der. Verbrennen Sie ihn, zerreißen Sie ihn, schmeißen Sie ihn weg, was auch immer. Nicht wichtig", kam es zurück.

„Nicht wichtig, sagen Sie?" fragte ich.

„Ja. Sie nerven", kam es zurück.

„Ich nerve?" fragte ich.

„Genau Sie. Falls Sie es nicht wissen sollten: Es ist hier in der Zivilisation drei Uhr in der Nacht", kam es zurück.

Und bevor ich etwas darauf erwidern konnte, hatte der Schweinehund schon aufgelegt.

Ich wusste nicht, wie lange ich auf mein Smartphone in meiner Hand starrte, bis es wieder zum Leben erweckte. Ganz automatisch ging ich ran.

„Herr Kilburn?" sagte die männliche Stimme mit dem vergewaltigten Akzent.

„Ja", erwiderte ich.

„Verzeihen Sie mir. Gestern war einer meiner schlechten Tage. Sie sagen, Ihre Mutter ist gestorben?"

„Ja."

„Sie sagen, sie hat mir einen Brief hinterlassen?"

„Ja."

„Sie wissen, wer ich bin?"

„Nein."

„Nicht schlimm. Nicht Ihre Schuld. Was ich mir überlegt habe: Sollten Sie Fragen haben, die ich Ihnen beantworten soll, sind Sie mir hier in LA jederzeit herzlich willkommen."

„Ja? Ist das Ihr Ernst? Verarschen Sie mich auch nicht?"

„Mir läge eine Antwort auf der Zunge, doch soll man über Tote nichts Schlechtes reden."

„Ja. Ich weiß, was Sie meinen."

„Gut. Oder auch nicht in diesem Fall. Seien Sie mir aber herzlich willkommen."

„Danke für das Angebot."

„Kontaktieren Sie mich, wenn Sie wissen, ob und – wenn: ja – wann Sie kommen wollen. Am besten per Email. Ich organisiere dann den Rest.

„Mach ich, danke."

„Es tut mir leid, was passiert ist."

„Ja. Ich weiß. Mir auch. Ich melde mich wieder. Machen Sie es gut."

„Sie auch."

Alles weitere hätte ich gern gleich mit Leni vor Ort und Stelle verhandelt, doch der Anwalt meiner Mutter war dermaßen angepisst, dass er uns, kaum hatte ich das Gespräch mit Wolfgang G. Wolfram beendet, rauswarf. Ich hätte mit Leni in mein Büro gehen können, welches in der gleichen Kanzlei lag wie das Büro des Anwalts meiner Mutter, oder in ihr Büro eine Kanzlei darüber. Sie arbeitete dort als Gehilfin, ich in meiner als zukünftiger Partner. Oder vielleicht auch nicht mehr, nach der Nummer gerade eben. Der Anwalt meiner Mutter war zugleich mein Boss. Aber egal. Mutter verloren, gestresst, das ließ sich schon wieder wie drehen.

Leni und ich gingen in ein Café, eine Straße von unseren Kanzleien entfernt.

„Du gehst diesem Prof. Dr. Dr. Dr. Wolfgang G. Wolfram einen Besuch abstatten", sagte Leni. Keine Frage. Sie wusste Bescheid. Sie kannte mich besser als ich mich selbst. Das hatte nicht immer seine Vorzüge, vor allem bei einem freien Wochenende nicht. Doch das zu diskutieren, gehört jetzt nicht hierher. Lassen Sie mich nur sagen: Wunderbarerweise klappte es zwischen Leni und mir.

Ich nickte zur Bestätigung ihrer Feststellung.

„Warum?"

Gute Frage.

„Ich weiß es nicht genau. Vielleicht hat es damit zu tun, dass mir 6 Jahre meines Lebens fehlen und ich gern wüsste, was damals warum passiert ist", sagte ich.

„Wozu? Bisher hattest du doch keine Probleme damit oder irre ich mich da?"

„Ja. Und. Nein. Du warst doch grad dabei."

„Ja, da hast du mir Angst gemacht", sagte sie und griff nach meiner Hand.

Ich nahm ihre Hand und küsste sie: „Mir geht es darum, solche Situationen zu vermeiden."

Sie nickte: „Ich verstehe. Willst du, dass ich mitkomme?"

„Ich habe noch eine Woche Urlaub, du nicht. Außerdem…" ich wusste mit einem Mal nicht weiter.

„Außerdem…?" fragte sie.

„Ich möchte nicht, dass du noch einmal Angst vor mir hast", sagte ich nach einigem Zögern.

„Ich hatte Angst um dich, nicht vor dir", sagte sie und streichelte zärtlich, aber robust meine Wange.

„Weder das eine noch das andere möchte ich", sagte ich.

Sie zog die Hand zurück: „Wann willst du fliegen?"

„Wenn es geht, mit der nächsten Maschine."

„Ich kümmere mich drum", sagte sie und damit war es endgültig entschieden.

Sie suchte mir einen Flug für den nächsten Morgen raus, ich informierte Wolfgang G. Wolfram darüber, der mich einige Stunden später wiederum darüber informierte, dass mich seine Persönliche Assistentin

Caitlynn Tami (kein Witz!) am Flughafen erwarten und mich zu einem Hotel fahren werde, wo er schon ein Zimmer für mich reserviert hatte.

Ein Carry-On war schnell gepackt. Ich schlief die Nacht wie ein Baby, was mich einerseits überraschte, was mich aber auch andererseits freute, da es für mich ein Zeichen dafür war, wie erwachsen ich doch geworden war. 10 Jahre zuvor? Riesendrama. Titanic meets Godzilla meets King Kong. So was in der Preisklasse. Aber jetzt?

Als ich auf dem Weg aus der Tür nach dem Umschlug mit dem Brief von und an Wolfgang G. Wolfram griff, griff ich kurzentschlossen auch nach den beiden Tagebüchern meiner Mutter, in die ich bisher keinen Blick geworfen hatte, und stopfte alles in meine Computertasche zu meinem Laptop, bevor ich mit besagter Tasche und Carry-On die Treppen nach unten nahm, wo mich Leni erwartete, um mich zum Flughafen zu kutschieren.

Im Flieger versuchte ich in den Tagebüchern zu lesen, es war ein Flug von 14 Stunden und 25 Minuten. Ausreichend Zeit zum Totschlagen. Ich konnte mich aber nicht konzentrieren. Das machte das Fliegen mit mir. Lesen war ausgeschlossen, weshalb mir die Kanzlei auch nie die lukrativen auswärtigen Fälle anvertraute.

Los Angeles

Es brauchte in LA Ewigkeiten bis ich endlich durch sämtliche Kontrollen war und ich wieder wusste, warum Fliegen mir überhaupt keinen Spaß mehr machte. Selbst auf die Fresse fliegen war nicht mehr das, was es mal gewesen war!

Immerhin hatte ich keine Scheißlaune wie sonst nach Transatlantikflügen.

Ich erkannte die Persönliche Assistentin an dem Schild mit meinem Namen drauf. Mit einem Herzen drumrum! Passte sonst so gar nicht zu ihrer restlichen Erscheinung. Dieses typische Mitte-20, Ich-will-hässlich-sein-weil-ich-alternativ-individuell-bin-mit-meinen-blaugefärbten-hochgegelten-Kürzesthaaren-und-zerstochenen-Ohrlöchern-und-Mike-Tyson-Tattoo-und-LGBT-Leck-mich!-Kampfmontur. Aber das spöttisch-spröde Lächeln gefiel mir. Und bei genauem Hinsehen entdeckte ich, dass das Herz auf dem Namensschild aus einer Kette von Prince-Charles-und-Camilla-Bildern bestand.

„Sie sind die Persönliche Assistentin von Prof. Dr. Dr. Dr. Wolfgang G. Wolfram?" fragte ich und versuchte, ganz professionell zu wirken, was mit meinem Akzent in diesem Land aber wohl nie gelingen dürfte. Innerlich erschauerte ich beim Klang meiner Stimme.

„Ja, ich bin seine Pflegerin, Caitlynn Tami. Tami für Sie. Und Sie sind der kastrierte Doppelname, nehme ich an", sagte sie mit der Frauenstimme, die sich als erstes gemeldet hatte, als ich den Professor und Dreifach-Doktor angerufen hatte.

„Ich habe schon von der besonderen Freundlichkeit der Amerikaner gehört, aber dass man gleich so schnell neue Freunde hier findet, verblüfft mich schon, muss ich ehrlicherweise gestehen", sagte ich.

„Noch ein Wort und ich bin nicht nur feucht, ich bin völlig eingenässt", erwiderte sie darauf.

Das verschlug mir dann doch die Sprache. Doch sah ich da Ironie in ihren Augen aufblitzen und entspannte augenblicklich. Sie schien weder mich noch sich allzu ernst zu nehmen. Womit ich überhaupt kein Problem hatte, denn auf solch eine Auseinandersetzung hatte ich jetzt wahrlich keine Lust. Später… vielleicht.

Sie schaute auf meine Computertasche und meinen Carry-On: „Ist das alles?"

„Ja", sagte ich und nickte zur Bestätigung.

Sie seufzte: „Dann wollen wir mal los. Möchten Sie zuerst ins Hotel sich ausruhen, oder…?"

„Nein."

„Nein was? Nicht ins Hotel?"

„Ja."

Sie schaute mich: „Wie lange wollen Sie noch einmal bleiben? Einen Tag? Alles sofort erledigen?"

„Das habe ich doch geschrieben. Ich habe vier Tage. Aber im Hotel hätte ich jetzt sowieso keine Ruhe."

„Okay. Ich muss nur kurz Wolf anrufen. Entschuldigen Sie." Sie sprach die Kurzform seines Vornamens (oder war es die seines Familiennamens?) wie ‚Wulff' aus.

Sie entfernte sich ein paar Schritte von mir, holte ein Smartphone heraus und führte ein kurzes Telefonat damit. Dann steckte sie sie es wieder weg und wandte sich mir zu. Wieder war ich verblüfft und wusste dieses Mal nur nicht, warum.

„Kommen Sie", sagte sie und ich folgte brav wie immer.

Auf der Fahrt zu Prof. Dr. Dr. Dr. Wolfgang G. Wolfram versuchten wir es mit Smalltalk und waren darin nicht einmal unerfolgreich. Trotz ihrer martialischen Erscheinung entpuppte sich Tami als recht umgänglich. Nur an einem Punkt wurde sie recht frostig. Ohne mir groß etwas dabei zu denken, erkundigte ich mich, was es mit jenen Tagen auf sich hätte, die sie und ihr 1x-Prof-und-Triple-Doc erwähnt hatten. Aus mir unerfindlichen Gründen starrte sie mich daraufhin nieder und sagte nur kurz angebunden: „Das werden Sie schon sehen."

Ich verfiel in ein aus meiner Sicht ungesundes Schweigen, aus dem sie mich aber befreite, in dem sie mir das „Du" anbot. Situation gerettet.

Als wir das Haus von Prof. Dr. Dr. Dr. Wolfgang G. Wolfram betraten, musste ich unwillkürlich an die US-amerikanischen Fernsehserien aus den 1980er- und 1990er-Jahren denken, mit denen ich groß geworden war. Nicht, dass es so einladend und heimelig in seinem Heim war wie bei den Huxtables, nein, die Räume, soweit ich das beurteilen konnte, waren vollgestellt mit Regalen voller Bücher, CDs, Schallplatten und VHS-Videokassetten, DVDs und Blu-Rays. Hier und da sah ich auch ein Filmposter oder ein altes Tourplakat von Bands, zu deren Konzerten meine Mutter auch gegangen wäre. Es war der Schnitt der Räume, der mich an die heile Welt meiner Fernsehkindheit erinnerte. Die Räume waren genauso geschnitten wie in den Fernsehserien, die man sämtlichst in Studios gedreht hatte, in denen irgendein Zimmermann solche Räume als Kulisse zusammengezimmert hatte.

Tami führte mich in die im Erdgeschoss gelegene Küche des Hauses, die im Halbdunkel weniger fernsehamerikanisch als deutsch wirkte, soweit ich als Deutscher mit angelsächsisch-norwegischen Migrationshintergrund das beurteilen konnte.

Hinter dem Küchentisch kam was hervorgerollt, was in diesem unglaublichen Fake-Akzent auf Deutsch fragte: „Hatten Sie einen guten Flug, Herr Kilburn?"

Und auf einmal war die ganze Küche in hell-grelles Licht getaucht und ich sah vor mir einen Mann im Rollstuhl. Das überraschte mich dann doch. Und ich musste diese Überraschung zeigen, denn der Mann im

Rollstuhl sagte: „Verzeihen Sie den melodramatischen Auftritt. Tamis Idee. Aber sie gefiel mir."

Und ich musste immer noch ziemlich blöde aus der Wäsche schauen, was – leider ehrlich gesagt – daran lag, dass ich mir vorzustellen versuchte, was meine Mutter so sehr an ihm gefunden haben mag, um mich kurz nach dem Tod meines Vaters für ihn zu verlassen. Plötzlich war sie nämlich da, diese Gewissheit, dass sie mich von genau diesem Mann im Rollstuhl aus angerufen hatte. Damals.

Bei meiner Mutter waren viele Dinge möglich gewesen. Aber ein Mann im Rollstuhl? Das hätte ihre Freiheit doch zu sehr beschnitten. Wollte sie das etwa gewollt haben? Aber vielleicht war es eben genau dies, dieser Rollstuhl da, der sie zu mir zurückkehren ließ. Damals.

Der Mann im Rollstuhl schaute mich an und dann an sich herab und dann wieder zu mir: „Ja das. Ein Unfall vor 15 Jahren im Labor. Seitdem sind diese Beine zu nichts mehr zu gebrauchen. Beschwerden habe ich eigentlich keine damit. Nur ist die Wunde nicht richtig verheilt. Bei einer bestimmten Art von Wetter macht sie sich bemerkbar. Das ist dann kein guter Tag, kann ich Ihnen sagen. Zum Glück haben wir hier in LA kaum Wetterwechsel."

„Beantwortet das deine Frage?" fragte Tami da, die sich hinter dem Mann im Rollstuhl platziert hatte.

Wir beiden Männer schauten zu ihr. Ich nickte, während der Mann mit einer Handbewegung Tami aufforderte, ihn wieder an den Küchentisch zu rollen, was sie auch umgehend tat, um sich dann auf einen Stuhl neben ihm zu setzen.

Der Mann wies auf einen Stuhl genau ihm gegenüber: „Bitte setzen Sie sich."

„Danke", sagte ich und nahm Platz.

„Möchten Sie etwas trinken?" fragte der Mann.

„Gern. Eine Coca-Cola Zero fürs *product placement*, wenn es keine Umstände macht", sagte ich.

Der Mann lächelte wie erhofft und sagte zu Toni: „Bitte eine Club Cola für Herrn Kilburn."

Tami stand auf und holte mir eine Dose des gewünschten Getränks aus dem Kühlschrank und setzte sich dann wieder neben den Mann im Rollstuhl.

„Wo waren wir stehen geblieben?" fragte der Mann im Rollstuhl mehr sich als die junge Frau und mich. „Ach ja, ich hab's wieder: Wie war Ihr Flug, Herr Kilburn?"

„Nennen Sie mich Rory, bitte."

„Ihr Spitzname? Der rote König? Ich seh, warum." Der Mann lachte. „Wolfgang oder kurz Wolf. Wie Sie möchten."

Wir gaben uns über dem Tisch die Hand und ich sagte ihm, wie problemlos der Flug gewesen sei, worauf er nur bestätigend nickte.

„Deine Mutter ist also gestorben", sagte er dann.

„Ja. An Krebs."

„Die neue Volkskrankheit Nummer Eins. Wer stirbt heute nicht an Krebs? Lemmy, David Bowie, Roger Willemsen – all gone. And why? Cancer is the answer."

Ich wusste nichts darauf zu sagen.

„Um es gleich klarzustellen: Ich habe meine Meinung nicht geändert. Ich bin weiterhin der Meinung, dass der Brief nicht wichtig ist. Ich bin nicht wichtig. Aber das ist meine persönliche Meinung, die ich mir erlauben und mir auch leisten kann. Du jedoch bist nicht ich. Du bist natürlich du. Ich kann mir nicht vorstellen, wie es für dich sein muss, den Vater so früh zu verlieren. Und jetzt die Mutter. Ich weiß nicht, was all das mit dir macht. Doch möchte ich dir helfen, soweit und wo ich nur kann", sagte Wolfgang, wobei er mich nicht aus den Augen ließ.

„Danke", sagte ich, während ich ihren/seinen Brief herauskramte und ihn entfaltet auf den Tisch zwischen uns legte.

„Das ist der Brief deiner Mutter an mich?" fragte Wolfgang.

„Ja. Das ist dein Brief an meine Mutter", sagte ich und konnte mich nicht zurückhalten, hinzuzufügen: „Schon wieder."

„Schon wieder was?" fragte Wolfgang.

„Du sagst ‚mein Vater', ‚meine Mutter'. Warum so distanziert? Ich weiß zwar nicht, was damals passiert ist, aber sind es für dich nicht Reginald und Stine?"

„Das sagst ausgerechnet du?" fragte Wolfgang und lachte. „Doch wer bin ich schon, dich zu kritisieren?"

sagte er dann. „Natürlich ist da Distanz. Es ist schon so lange her, Rory! Es mag nicht nett klingen, was ich jetzt sage, als du mir am Telefon jedoch gesagt hast, dass sie tot ist, war da bei mir nichts als Gleichgültigkeit. Es bedeutete mir nichts."

„Aber der Brief, Wolfgang, der Brief…"

„Ach, der Brief", sagte Wolfgang und schob ihn mit einer Hand zu sich: „Es ist natürlich mein Brief, kein Zweifel. Ich hatte ihn deiner Mutter geschrieben, nachdem sie mir ein Telegramm mit der Nachricht von deines…", er zögerte einen Moment, „… von Reggies Tod geschickt hatte. Ich war zu der Zeit jedoch noch verletzt und wusste das. Nichts kann mich also entschuldigen. Ich wusste, was ich da schrieb. Deine…", er zögerte erneut einen Moment, „… Stine verstand den Brief jedoch als eine Einladung. Also kam sie zu mir nach Washington, wo ich zu der Zeit forschte. Die ersten zwei Tage, wo sie da war, waren wie der Himmel auf Erden. Für zwei Tage glaubte ich, wir könnten wieder das haben, was wir mal hatten. Jedoch begriff ich dann – und es war mit Händen zu greifen –, dass Stine Reggie liebte, wirklich liebte. Nicht wie ein Teenager einen Popstar anhimmelt oder den beliebtesten und coolsten Jungen der Schule. Nicht in der Weise, dass sie nur deswegen mit ihm zusammen war, weil sie mit ihm den besten Sex ihres Lebens hatte. Das alles war es natürlich auch. Sie liebte ihn jedoch noch auf eine andere Weise. Diese Liebe ging viel tiefer. Es war eine weit reifere, eine große Liebe. Es war die zu ihrem Partner, Ehemann und Vater ihres Sohnes. Familie. Da kam ich nicht mehr mit. Da war kein Platz mehr für mich. Also schickte ich sie nach Hause zurück, zu dir, ihrem Sohn, wo sie hingehörte."

„Das konntest du so einfach?" fragte ich.

„Das konnte ich aus einem ganz simplen Grund: Ich war im Training. Ich hatte sie vorher schon verloren, Rory."

„Warum es nicht noch einmal trotz allem versuchen?" fragte ich.

„Ein ‚love triangle' mit einem Toten? Als Ersatz für den Ersatz, der mein Ersatz gewesen ist?"

„Wie meinst du das?" Wie habe ich das zu verstehen?" fragte ich.

„Was weißt du über Reggie oder Stine?"

„Praktisch nichts."

„Ich sehe. Ich versuche, es kurz mit meiner Erklärung zu machen, was sie für mich gewesen waren. Reggie war mein bester Freund. Ich hatte gerade mit dem Studium an der FU begonnen, er machte seinen Doktor in Philosophie. Wir lernten uns auf einer Party kennen und wurden instant friends. Auf einer anderen Party ein Wochenende später sehe ich deine Mutter. Es war Liebe auf den ersten Blick, wenn es so etwas gibt."

„Ja. Ich weiß, was du meinst. Mit Leni, meiner Verlobten, und mir war es ähnlich. Eines Tages muss ich zu einem Kollegen in der Kanzlei eine über uns. Sie ist gerade in seinem Büro, als ich reinkomme. Wir geben uns die Hand und können nicht mehr loslassen. Nachdem ich erledigt hatte, wofür ich zu dem Kollegen gekommen war, gehe ich in ihr Büro, wo sie auf mich wartet und wo wir uns das erste Mal küssen", musste ich da anmerken. Ich konnte nicht anders. Da war was, was mir keine Wahl ließ.

„Wie romantisch", kommentierte Tami.

„Wie lange ist das her?" fragte Wolfgang interessiert.

„7 Monate."

„Und immer noch nicht den Bund fürs Leben geschlossen?" fragte Tami.

„Der Krebs von Stine. Die Familie von Leni. Lenis Clan: nichts überstürzend, alles sorgfältig planend."

„Selig seien die Nichtwissenden. Wenn wir etwas nicht haben, dann ist es ausreichend Zeit", sagte Wolfgang.

„Ja. Ich weiß."

„Also verlieren wir keine Zeit. Wo war ich stehen geblieben? Richtig: Ich hatte in den ersten Wochen meines neuen Lebens als Student nicht nur einen besten Freund gefunden, sondern auch meine erste Liebe. Ein Jahr waren wir zusammen – more or less. Es war in gewisser Hinsicht das beste Jahr meines Lebens. Stine liebte mich, Reggie freute sich für uns und an der Uni war ich der Überflieger. A wonderboy, the boy wonder. Ein Jahr nach Beginn meines Studiums bekam ich schon ein Stipendium für die USA angeboten. Ich ging, Stine blieb in Berlin. Wir versuchten es per Fernbeziehung. Ein Unterfangen, was zu der Zeit mit Telefonen, Telegrammen und Briefen noch aussichtsloser war, als es heute mit facebook, Skype und Twitter ist. Es endete mit einem Telefonat, das sie wütend abbrach. Erst dachte ich mir nichts allzu

Schlimmes dabei. Paare streiten sich, Paare versöhnen sich. Lass sie sich beruhigen, dachte ich mir. Eine ganze Woche jedoch kam gar nichts von ihr. Ich flippte aus vor lauter Sorgen um sie. Also versuchte ich sie anzurufen. Ich erreichte sie nicht. Auch Reggie erreichte ich nicht. Drei Wochen nach unserem letzten Telefonat erhielt ich per Post eine Einladung zu ihrer Hochzeit."

„Was?" entfuhr es mir da.

„Hier", sagte Wolfgang, holte einen Umschlag hervor und reichte ihn mir. Ich nahm ihn, öffnete ihn und holte eine Karte heraus: eine Einladung zur Hochzeit von Reginald Roberts Kilburn und Stine Brent.

„Die Karte hast du all die Jahre über behalten?" fragte ich Wolfgang und gab ihm Umschlag und Karte zurück.

„Ich bin Sammler. Das bedeutet, ich bin Archivar, too. Miserabel im Wegschmeißen."

„Stine war da ganz anders."

„Natürlich war sie das. Wo war ich jedoch stehen geblieben? Richtig: Bei der Einladung zur Hochzeit.

Natürlich ging ich nicht zur Hochzeit. Ich war ein Wrack – im übertragenen Sinne, nicht literally, so wie jetzt. Es war aber auch gut so, da ich wusste, woran ich war. Es gab kein Zurück mehr."

„Aber hat es dich nicht überrascht? Wolltest du nicht wissen, warum so plötzlich…", fragte ich.

„Nicht wirklich, really. Von dem Zeitpunkt an, an dem ich in den USA gelandet war, ging es mit unserer Beziehung den Bach bergab", sagte Wolfgang und wirkte dabei gequält: „Als ich die Einladung in Händen hielt wurde mir zudem eins bewusst: Auch wenn wir es nie zu dritt getan hatten und es meines Wissens auch nie Sex zwischen ihnen gegeben hatte, solange sie und ich zusammen gewesen waren, hatte sich über das Jahr jedoch etwas entwickelt, was den Namen ‚love triangle' durchaus verdiente. Also war die Hochzeit der beiden nichts weiter als der nächste logische Schritt. Ein sehr kleiner Schritt, wo ich aus dem Bild war. Wozu sollte ich es also ganz genau wissen wollen? Was ich wissen musste, wusste ich. Ende der Geschichte."

„Was hast du dann gemacht?" fragte ich.

„Meine Zukunft lag nun anderswo. Was habe ich dann schon gemacht? Karriere natürlich. Was meinst du, wie ich mir sonst die beste Persönliche Assistentin der Westküste leisten könnte?"

„Hast du noch einmal geliebt?" fragte ich.

„Das ist das Land der unbegrenzten Möglichkeiten. Die Antwort lautet also natürlich: ja."

„Wer war sie?" fragte ich interessiert.

„Die Antwort lautet: ja. Ende der Geschichte."

„Aber. Der Brief...?" fragte ich.

„Wenn die Einladung zu der Hochzeit ihre Form von Rache war für etwas, dass ich ihr getan hatte, wobei ich nicht wüsste, was es gewesen sein könnte, so war mein Brief meine Rache für ihren Betrug, für ihren Verrat. Hätte nie gedacht, dass sie ihn für etwas anderes nehmen könnte. Es scheint jedoch, dass sie bis an ihr Ende geglaubt hat, er sei ernst gewesen. Wie es scheint, hat sie bis an ihr Ende geglaubt, ich wäre nie über sie hinweggekommen. So verstehe ich, dass sie mir nach ihrem Tod den Brief zukommen lassen wollte."

„Bist du über sie hinweg?" fragte ich.

„Life's funny because life's a bitch, Rory. Da denkst du jahrelang, wie du je über sie hinwegkommen kannst. Es erscheint dir ein Ding der Unmöglichkeit. Und dann passiert es einfach. Unangekündigt. Unbemerkt. Und dann ist es einfach passiert. Leben eben. Ende der Geschichte."

„Das ist alles?" fragte ich.

„Ich denke schon, was den Brief angeht." Er schob mir seinen/ihren Brief wieder zu.

„Sind wir dann fertig hier?" fragte ich und stopfte den Brief wieder in meine Computertasche.

Wolfgang studierte mich einen Moment lang: „Was den Brief angeht, sicherlich. Was dich betrifft? Ich weiß es nicht. Es ist später Abend. Warum fährst du nicht ins Hotel, schläfst einmal über alles, worüber wir jetzt gesprochen haben? Du hast dir hier vier Tage gegeben. Nimm dir die vier Tage."

Ich schaute von ihm zu Tami: „Warum nicht?" sagte ich und erhob mich.

Tami stand ebenfalls auf und positionierte sich wieder hinter Wolfgang, um ihn um den Tisch herumzufahren.

„Tami bringt dich zum Hotel. Ich verabschiede mich für den Augenblick jetzt schon hier von dir, Rory. Denk über das nach, worüber wir gesprochen haben. Ich stehe dir die ganze Zeit deines Aufenthalts zur Verfügung. Was immer du wissen willst und ich dir beantworten kann, ich bin da."

„Danke", sagte ich und schüttelte die Hand, die er mir hinhielt.

Und schaute von unseren Händen ihm direkt ins Gesicht.

„Let's go", sagte da Tami und hatte schon einen Arm von mir ergriffen und schleifte mich schon hinaus, bevor ich überhaupt verstehen konnte, was passiert war.

„Sie hat es einfach nicht mit Sentimentalitäten. Sie ist mehr praktisch veranlagt. It comes with the job", hörte ich Wolfgang uns lachend hinterherrufen. „Schlaf gut."

Während wir auf der Fahrt zu Wolfgangs Haus kein Problem hatten, ein belangloses Gespräch in Gang zu halten, lief auf der Fahrt zum Hotel gar nichts. Sie blockte jeden Versuch von mir ab, so dass ich schließlich dazu überging, ihr nur noch hier und da kurze, verletzte Blicke zuzuwerfen.

„Weißt du? Ich weiß, was du vorhast. Es wird dir nicht gelingen", sagte sie schließlich gereizt und spöttisch spröde zugleich.

„Ich möchte nur, dass du weißt, dass ich nicht kastriert bin, wie du vorhin fälschlicherweise vermutet hast. Ich habe den Namen meiner Mutter tilgen lassen. Manche kaufen sich mit ihrem ersten Gehalt einen BMW. Ich habe mir Freiheit gekauft, um der Wahrheit mal wieder die Ehre zu geben."

„Habe vielen Dank für deine Ehrlichkeit. Sie ehrt dich. Sexy macht dich diese Wahrheit aber nicht. Im Gegenteil. Sie klingt erbärmlich. Und weißt du, was ich denke? Dass du dich doch kastriert hast. Wer hatte denn die Eier bei euch in der Familie?" sagte sie und hatte mich.

„Schön, ja, es stimmt, um ehrlich zu sein. Wie die Mutter so die Tochter. Warum nur musst du damit auch gleich meinen genialen Plan zunichte machen? Ich war drauf und dran, dich zu fragen, ob du dich nicht davon überzeugen möchtest, dass sich bei mir anatomisch korrekt noch alles an seinem rechten Platz befindet."

Sie warf mir einen Blick zu, den ich nicht zu deuten wusste.

„Bist du nicht verlobt?" fragte sie. „And, by the way, I have a boyfriend."

Na klar. Du. Hast. Einen. Freund. Seit wann gibt es lesbische Transgender?

„Mach es einfach nicht kompliziert, okay?" sagte sie und einen Moment später: „Wir sind da. Das ist das Hotel."

Sie half mir beim Einchecken, kam aber nicht mit rauf. Als ich dann endlich im Hotelzimmer war und mir bewusst wurde, dass ich das erste Mal seit Ewigkeiten ganz für mich allein war, stellte ich mich für Ewigkeiten unter die Dusche.

Ich dachte dann, um der Wahrheit mal wieder die Ehre zu geben, für einen Moment wirklich an Schlaf. Ich musste es aber vorher wissen! Ich musste die Fakten checken. Ich musste überprüfen, was mir Wolfgang, dieser Rolli, erzählt hatte. Sicher hatte mir meine Mutter nicht ohne Hintergedanken ihre Tagebücher mit seinem/ihren Brief hinterlassen.

So fläzte ich mich auf mein überdimensioniertes Hotelbett – was das Hotel betraf, hatte der Rolli wirklich Geschmack, dass musste ich ihm zugestehen – und nahm mir die beiden Tagebücher vor. Ich schaute mir zunächst an, welches von beiden das ältere sein musste, und begann dann in diesem zu lesen, bis ich an eine Stelle kam, die mich aus dem Bett und dann die Wände hoch und dann durch die Fluchten des Hotels trieb. Weg, einfach nur weg von dem, was ich da entdeckt hatte.

Ich saß am nächsten Morgen noch im Frühstücksraum des Hotels, als Tami kam. Ohne groß zu fragen, setzte sie sich zu mir an den Tisch.

„Du siehst beschissener aus nach einer Nacht Schlaf als nach einem Megaflug von Deutschland nach LA", sagte sie zur Begrüßung.

Wortlos schob ich ihr das Tagebuch meiner Mutter zu, das an der entscheidenden Stelle aufgeschlagen neben meinem Müsli-Becher gelegen hatte.

Sie nahm es und begann zu lesen. Dass sie schließlich die Stelle gefunden hatte, auf die es ankam, merkte ich an einem unüberhörbaren „Fuck!", was mich sicherlich dazu gebracht hätte, wenn die Umstände denn andere gewesen wären, darüber zu grübeln, in wie vielen 5-Sterne-Hotel-Frühstücksräumen auf der großen, weiten Welt man wohl eben jenes besagte Wort zu hören bekam. So dachte ich mir nur, warum sie nicht einfach wieder nur den halben Schimanski geben konnte?

„Kein Wunder, dass du beschissen aussiehst", sagte sie, während sie das Tagebuch zuschlug und zurück auf den Tisch legte.

Auf bestem Wege.

„Schon eine Idee, was du als nächstes tun möchtest?" fragte sie.

„Deinen Herrn und Meister aufsuchen und ihn darüber befragen?" fragte ich zurück.

„Okay. Let's go!"

Wolfgang G. Wolfram, den sie von unterwegs aus angerufen hatte, erwartete uns wieder in seiner deutschen Küche. Er nahm das Tagebuch kommentarlos entgegen und las die Stelle, die ich ihm zeigte. Dann schaute er auf. Von Erschütterung keine Spur: „Wenn du willst, können wir einen Vaterschaftstest machen lassen, auch wenn ich denke, dass es nichts bringen wird. I'm not your father, Luke!"

„Das ist nicht witzig", sagte ich und konnte mich kaum beherrschen.

„Nein, witzig ist es nicht. Aber ein Versuch war es wert", sagte er und schüttelte den Kopf: „Sie kann es einfach nicht lassen."

„Ja, aber...", wollte ich sagen.

„Bestimmt das Wissen, wer dein Vater ist, wer du bist?" warf Tami da ein. „Wie ich das verstehe, ist es doch so, dass du deinen Vater gar nicht kennst. Er starb, als du vier Jahre alt warst. Du hast keine Erinnerung an ihn. Was ist daher so schlimm daran, wenn sich jetzt herausstellen sollte, dass er nicht dein Vater war. Ich meine, rein praktisch?"

„Tami, dein praktischer Ansatz hat eine Menge für sich. Aber es ist wie mit allem, was uns Menschen betrifft, nicht so einfach. Wenn Reggie durch seinen Tod auch physisch abwesend war, so war er trotzdem präsent im Leben von Stine und Rory. Abgesehen davon: Wie würdest du dich fühlen, wenn man dir sagte: Sie verlieren einen toten Vater, gewinnen dafür jedoch einen neuen lebenden", sagte er zu ihr.

„Einen neuen, lebenden Vater im Rollstuhl", ergänzte sie.

„Keine Sorge", lachte er. „Ich bin nicht der Vater unseres roten Königs."

„Ja, aber...", wollte ich sagen.

„Was steht da genau im Tagebuch von Stine?" würgte er mich ab.

„Sie schreibt, dass sie nicht wisse, wer der Vater sei", sagte ich.

„Eben. Sie schreibt das zu einem Zeitpunkt, wo ich schon lange in den USA war", sagte er, hielt inne, schaute noch einmal auf die entscheidende Stelle im Tagebuch, blätterte dann etwas vor, wieder zurück, vor und ließ dann schließlich ein „Fuck me!" fahren.

Was war nur aus Schimanski geworden?

„Was ist?" fragte Tami plötzlich beunruhigt.

„Ich glaube, ich weiß jetzt, warum es damals zwischen uns am Telefon geknallt hat. Sie hatte da schon Sex mit ihm", sagte er.

„Aber warum sollte sie dann schreiben, dass sie nicht weiß, wer der Vater ist? Oder ist das bewusste Irreführung?" fragte Tami.

„Bei ihr weiß man nie. Es kann so oder so sein oder beides zugleich", sagte er und lachte plötzlich lautlos.

„Was ist denn jetzt?" fragte Tami.

„So oder so oder so-so sind wir ihr schon wieder auf den Leim gegangen. Schon wieder hat sie, was sie wollte", sagte er.

„Das ist jetzt nicht besonders hilfreich", sagte ich.

„Stimmt. Natürlich hast du Recht", sagte er. „Nein", sagte er dann. „Ich denke jedoch nicht, dass sie sich oder uns mit diesem Eintrag in die Irre führen wollte. Zu dumm nur, dass wir keinen der Beteiligten mehr dazu befragen können."

Daraufhin sagte zunächst einmal keiner mehr was, bis mir eine Idee kam. Es war eigentlich ein Ding der Unmöglichkeit, betrachtete man das Verhältnis von Stine zu Gro. Aber wen hatte meine Mutter schon gehabt außer ihrer eigenen Mutter?

„Ich könnte meine Großmutter fragen. Vielleicht weiß sie was", sagte ich.

Wolfgang war von jetzt auf gleich quicklebendig. Hätte er gekonnt, er wäre wahrscheinlich aus seinem Rollstuhl gesprungen: „Du meinst Stines Mutter? Gro ist noch am Leben?" fragte er.

„Ja", sagte ich. „Sie lebt immer noch in Norwegen", sagte ich.

„Ruf sie an, Junge! Sofort!" rief er.

„Jetzt sofort?" fragte ich.

„No time like the present. Wann sonst? Natürlich jetzt sofort!" rief er.

„Ja, aber der Zeitunterschied?" fragte ich.

„Das sagst ausgerechnet du?" fragten er und Tami da gleichzeitig.

Es dauerte drei Ewigkeiten, bis Mormor endlich ranging.

„Wer es auch ist, ich komm dir durch die Leitung und stranguliere dich damit", keifte es norwegisch aus dem Hörer.

„Mormor. Ich bin's, Rory", sagte ich im imperfekten, gänzlich akzentlosen Norwegisch.

„Oh, in dem Fall muss ich wohl leider eine Ausnahme machen. Wie geht es dir, mein *Schatz*?"

‚*Schatz*' war das einzige deutsche Wort, das Mormor kannte. Sie benutzte es nur für mich.

„Es tut mir echt leid, dass ich nicht zu Stines Beerdigung gekommen bin. Wie du aber weißt, wollte sie mich auch nicht dabei haben", sagte sie.

„Ja. Ich weiß. Mormor, hör zu: Stine hat zwei Tagebücher hinterlassen. Ich lese sie gerade. In einem deutet sie an, dass Reginald möglicherweise nicht mein biologischer Vater war. Weißt du was darüber?"

„Oh", sagte Mormor und dann war es zunächst einmal still an ihrem Ende der Leitung.

„Mormor? Bist du noch dran?" fragte ich.

„Selbstverständlich, mein *Schatz*. Ich bin noch dran. Wo sollte ich auch sonst sein? Ich bin noch zu jung, um die Segel zu streichen und Fünfe grade sein zu lassen. Nicht so wie dieser Nichtsnutz, der deine Mutter war."

„Weißt du was darüber?" wiederholte ich meine Frage.

Mormor sog hörbar den Atem ein: „Ja, mein *Schatz*."

Was war in diesem Moment schlimmer: Zu erfahren, dass die Tochter doch mit einem Problem zur Mutter gekommen war, wie es sich für ein gesundes Mutter-Tochter-Verhältnis gehörte, oder zu erfahren, dass der Vater nicht der Vater war? Egal. Scheißegal!

„Dann erzähl mal", sagte ich.

„Ja, mein Schatz! Dabei gibt es nicht viel zu erzählen. Kurz vor der Hochzeit mit deinem Vater kam Stine zu mir. Ich war überrascht, kannst du dir denken, aber auch geehrt. Es war das erste Mal, weißt du? Sie sagte, sie hätte nach einem Telefonat mit ihrem damaligen Freund aus Wut über eben diesen Freund einen unbekannten Kerl aufgerissen, der aber am nächsten Morgen verschwunden war. Noch am Abend des gleichen Tages hätte sie dann deinen Vater aufgerissen, gestand sie mir. Sie hatte schon lange gewusst, was er für sie empfand. Das nutzte sie Stine-typisch an besagtem Abend gnadenlos aus. Du kennst sie ja."

„Warum sollte sie das getan haben?" fragte ich.

„Ihren Freund mit einem Wildfremden betrügen? Oder ihren Freund mit seinem besten Freund betrügen?" fragte Mormor.

„Beides?" fragte ich unsicher.

„Ganz einfach, mein *Schatz*. Das erste geschah aus Wut über ihren Freund. Das zweite geschah, um sich jede Rückkehrmöglichkeit zu verbauen. Stine-Logik. Du kennst sie doch."

„Wusste Reginald von dem Fremden?" fragte ich.

„Spielt das eine Rolle?" fragte Mormor.

„Na klar spielt das eine Rolle", sagte ich.

„Tut es das? Ich denke nicht. Es stimmt, ich hatte mir ihr Genie als Schwiegersohn gewünscht. Aber für ein Genie war er dumm, wie man als Genie nur dumm sein kann. Stine allein lassen und in die USA gehen? Ich bitte dich. Des Wahnsinns nackter Kofferträger das war er. Aber erstaunlicherweise war dieser eigenbrötlerische Mr Fancy Pants dann genau der Richtige für sie. Und. Für. Dich. Auch wenn er vielleicht biologisch nicht dein Vater war, so war er es doch in allen anderen Belangen. Er war es in all dem, was wichtig ist, worauf es ankommt. Du magst dich nicht erinnern, aber er war dir wirklich ein Vater. Er. War. Dein. Vater. Und Stine, wenn auch nicht auf Anhieb, hat ihn geliebt, gerade auch als deinen Vater. Sein Tod war wirklich ein Unglück. Stine hat sich trotz all ihrer Taffheit nie mehr davon erholt."

Hörte ich da etwa Tränen?

„Was Stine in ihrem Tagebuch schreibt, ist folglich die Wahrheit? Mein Vater kann so'n dahergelaufener Fremder sein?" fragte ich.

„Dein. Vater. Ist. Dein. Vater. Er hat dich geliebt. Du warst sein Sohn. Ist das nicht genug?" fragte Mormor.

„Was kann ich dazu sagen? Schau Stine und mich. War es genug, Sohn zu sein?" fragte ich.

Es waren Tränen.

Als Mormor sich wieder einigermaßen unter Kontrolle hatte, sagte sie: „Was willst du hören? Was kann ich dir sagen? Wollte ich mit 16 Mutter sein? Nicht unbedingt. Aber ich habe ihn geliebt. Ich wollte mit ihm zusammen sein. Ich wollte ein Kind von ihm. So ist es passiert. Warum ich dann aber vor ihm fortgelaufen bin, was weiß ich? Kann sein, dass ich Angst hatte, dass er mich zurückweist, schwanger wie ich war. Kann sein, dass er mir auf einmal zu nah war und ich davor Angst hatte. Kann sein, dass Liebe nicht genug ist, wie du sagst."

„Hast du überlegt, je zu ihm zurückzukehren?" fragte ich.

„Als ich meine Dummheit endlich eingesehen hatte, war es zu spät", sagte Mormor.

„Ist es das?" fragte ich.

„Ja, das ist es. Er hat Familie", sagte Mormor. „Aber das spielt jetzt keine Rolle. Was du nur wissen musst, mein *Schatz*, ist, dass deine Eltern dich geliebt haben. Jeder auf seine Weise."

Na klar.

   Blablablablabla.

      Ich weiß.

Gähn

„Aber der Kerl, den sie aufgerissen hat. Sie hat ihn wirklich nicht gekannt und auch nie wiedergesehen?" fragte ich.

„Warum kannst du es nicht einfach gut sein lassen? Hör endlich mit diesem Verhör auf. Ich habe dir nichts getan. Ich bin keiner von deinen Kriminellen. Aber wenn du es wirklich noch einmal hören musst, bitte! Ja, mein *Schatz*: Sie kannte ihn wirklich nicht. Ja, mein

Schatz: Sie sah ihn nie wieder. Das einzige, was sie von ihm wusste, war sein Name: Adriano."

„Oh", sagte ich nach einem Moment. „Wie mein Vorname. Nur auf Italienisch."

„Oh", sagte Mormor. „Wo du es jetzt sagst, fällt es mir auch auf. Ich dachte immer, du wärst nach dieser Frau aus den *Rocky*-Filmen benannt worden. Stine liebte diese Filme abgöttisch, besonders den ersten Teil. Aber ich habe sie auch nie gefragt."

„Es kann kein Zufall sein", sagte ich.

„Mein. *Schatz*. Noch. Einmal: ES. SPIELT. KEINE. ROLLE", kam es sehr energisch und höchst erregt aus dem Hörer.

Na klar. Egal. Scheißegal. Alles.

„Ja, danke, Mormor. Es tut mir echt leid, ich muss jetzt Schluss machen. Ich ruf aus den USA an", sagte ich.

„Aus den USA?" fragte Mormor.

„Ja. Viele Grüße von Wolfgang G. Wolfram übrigens. Mach's gut. Ich ruf wieder an", sagte ich und drückte die Austaste des schnurlosen Telefons, das mir von Wolfgang für diesen Anruf zur Verfügung gestellt worden war, bevor sie noch was erwidern konnte.

Wolfgang und Tami hatten das Telefonat live und in Farbe mitverfolgt, aber wahrscheinlich nicht nur aus Pietätsgründen nichts verstanden. Wer sprach auch schon perfektes, akzentloses Norwegisch? Umso erwartungsvoller schauten sie mich jetzt aber an. Kurz berichtete ich Ihnen das Wichtigste.

„Wo sie recht hat, hat sie recht", sagte Wolfgang daraufhin. „Es ist nicht wichtig, ob dieser Adriano nun dein biologischer Vater ist. Er war nie da. Er hat dich nicht zu der Person gemacht, die du jetzt bist. Er war, verzeih mir den Ausdruck, nicht mehr als ein Samenspender, genau genommen."

Um der Wahrheit ein erneutes Mal die Ehre zu geben, stimmte das, was er da sagte. Im Moment war ich mir nur nicht sicher, ob es genau das war, was ich jetzt hören wollte. Im Moment wollte ich – ehrlich gesagt – gar nichts hören. Absolut gar nichts.

Ich schaute von Wolfgang zu Tami, von Tami zu Wolfgang: „Ich brauch was Zeit für mich. Sorry."

„Kein Problem. Willst du zurück ins Hotel?" fragte Wolfgang.

Ich nickte.

Tami hatte schon die Autoschlüssel in der Hand: „Let's go."

Während der Fahrt zum Hotel wechselten sie und ich kein Wort. Vor dem Hotel angekommen löste ich schnell den Gurt, blieb dann aber einfach, aus mir unerfindlichen Gründen sitzen und starrte ins Leere.

Da fühlte ich plötzlich ihre Hand auf der meinen.

Ich schaute zu ihr: „Was?" fragte ich und dachte gleichzeitig: Frag mich jetzt bloß nicht, ob mit mir alles okay ist!

„Möchtest du mir immer noch beweisen, dass du nicht kastriert bist?" fragte sie.

„Ich dachte, du hättest einen Freund", sagte ich widerstandslos.

„Nicht jetzt, nicht hier", sagte sie und küsste mich schon robust, aber zärtlich voll auf den Mund.

Ich schlafe, erwache aber, als ich merke, wie jemand das Zimmer betritt. Ohne die Augen zu öffnen, weiß ich, dass es Stine ist. Sie kommt auf Zehenspitzen zum Bett getrippelt. Sie streicht mir zärtlich über das Haar und küsst mich liebevoll auf die Nasenspitze.

Ich öffne die Augen und sehe, wie sie mich anlächelt. Und durch ihr Lächeln hindurch sehe ich das Lächeln meines Vaters, durch welches hindurch ich das Lächeln eines Mannes sehe, den ich nicht kenne, der mir aber so vertraut ist, dass es wehtut.

Das erste, was ich sah, als ich wieder zu mir kam, war das Fenster. Es war noch Tag, aber es dämmerte schon. Ich wusste nicht, wo ich war und warum. Erst als ich mich herumwälzte und Tami angezogen in der schon geöffneten Tür meines Hotelzimmers sah, kam alles wieder zurück. Tami lächelte ertappt.

„Hey", sagte ich im Versuch, die Situation zu retten. „Ist das nicht meine Aufgabe? Einfach abhauen, während der andere noch schläft?"

„Erstens: Es ist dein Zimmer, nicht meins. Und zweites…", begann sie.

„Und zweitens?" fragte ich.

„Und zweitens: Mach es einfach nicht komplizierter, als es schon ist, okay? Morgen zum Frühstück wie heute, okay?"

„Okay", sagte ich, wobei es mehr eine Frage war als ein Ausdruck von Zustimmung. Aber zu war die Tür und fort war sie. Tami hatte reißaus genommen. Sie war getürmt, geflüchtet. War Aschenbrödel gleich entschwunden.

Schimanski war hier, um der Wahrheit die ungeschminkte Ehre zu geben, wahrlich keine Hilfe mehr. Jetzt halfen nur noch die ‚American cousins': „WHAT. THE. FUCK?"

Da ich mir nicht anders zu helfen wusste, weil ich nicht wusste, wohin ich mich verflüchtigen könnte, um mich nicht dem stellen zu müssen, was ich da angerichtet hatte, was ich Leni und mir – uns! – angetan hatte, nahm ich mir die beiden Tagebücher von Stine vor und versenkte mich in ihnen, bis das Lächeln des mir unbekannten, schmerzhaft-vertrauten Mannes vor mir auftauchte, die Falltür sich unter mir öffnete und ich

in der Dunkelheit Lenis Lippen auf den meinen spürte. Zärtlich, aber robust.

Oder doch eher robust, aber zärtlich?

Ich öffnete die Augen. Vor mir das Gesicht Tamis. Die Augen geschlossen. Ihre Lippen auf den meinen. Ihre Zunge in meinem Mund.

Ich machte eine kleine Bewegung und sie öffnete die Augen. Zog ihre Zunge zurück. Löste ihre Lippen von den meinen. Löste ihren Körper von dem meinen. Stand auf. Ging zum Fenster. Schaute hinaus.

„Hey", sagte ich da.

Sie schaute weiter aus dem Fenster.

„Hey", sagte ich da. „Ich rede mit dir."

„Was sollte ich tun? Du hast im Bett mit dem Tagebuch deiner Mutter gesessen. Du hast dich nicht gerührt. Dein Blick war leer. Du warst katatonisch. Du hast weder auf Ansprache noch auf Geschütteltwerden reagiert. Küssen war das Einzige, was mir einfiel. Auf so etwas reagieren Männer immer, egal, wie die Umstände sind, egal, wie beschissen die Lage ist, in der sie sich befinden."

„Wie schön, dass du das gendergerecht rationalisieren willst, was du getan hast. Von mir aus. Mir ist das was von scheißegal. Wie bist du aber nur ins Zimmer gekommen?" fragte ich.

Na klar musste sie verletzt oder verbittert oder verbittert-verletzt oder verletzt-verbittert auflachen: „Du warst katatonisch für wer-weiß-wie-lange und alles, was du wissen willst, ist, wie ich in dein Hotelzimmer gekommen bin?"

„Das ist meine Art, die Sache zu rationalisieren."

Na klar musste sie verächtlich schnauben: „Die Sache? Okay. Die Sache. Erklär du mir aber mal bitte sehr, was da mit dir passiert ist. Was hat den Programmabsturz verursacht?"

Ich war aufgestanden und auf dem Weg zum Badezimmer: „Reizüberflutung. Ich geh jetzt duschen und dann fahren wir zu deinem Herrn und Meister."

Ich öffnete die Tür zum Badezimmer: „Kommst du?"

Na klar musste sie ihr spöttisch-sprödes Lächeln lächeln: „Ich habe dir doch gesagt, es nicht komplizierter zu machen, als es schon ist."

„Ich rede von jetzt. Später ist später. Kommst du jetzt oder kommst du jetzt?"

Na klar wurde aus dem Lächeln ein Grinsen: „Ich komme gewiss nicht so schnell wie ein gewisser Herr aus europäischem Geblüt."

Bei Wolfgang in der Küche zeigte ich ihm die entscheidende Stelle, doch ihn interessierte zunächst etwas anderes: „Es fehlen Seiten."

„Ja. Sie muss die restlichen Seiten rausgerissen haben", sagte ich.

„Sie wird ihre Gründe gehabt haben", sagte er darauf und las dann die entscheidende Stelle und ließ dann das Tagebuch sinken und sagte in einem Ton, der mich schockte: „Bitch!"

Tami hatte die entscheidende Stelle schon gelesen und nickte nur.

„Sie hat also nicht lange nach Reggies Tod wieder geheiratet", sagte Wolfgang.

„Ich kann mich an überhaupt nichts erinnern. Ich dachte immer, Manfred wäre Ehemann Nummer 2 gewesen", sagte ich.

„Wer ist Manfred?" fragte er.

„Wie es aussieht, Ehemann Nummer 3. Er war da zwischen meinem 10ten und 14ten Lebensjahr. Dann hat er uns verlassen. Seitdem habe ich nie mehr was von ihm gehört oder gesehen."

„A-ha. An diesen MK aus dem Tagebuch erinnerst du dich jedoch nicht?" fragte er.

„Keine Erinnerung an was aus meinen ersten 6 Lebensjahren."

„Du wirst deine Gründe dafür haben", sagte er.

„Das ist jetzt nicht besonders hilfreich, Wolf", schaltete sich Tami da ein und hielt mir schon das schnurlose Telefon hin: „Es hat schon einmal funktioniert. Ruf deine Großmutter an. Sie muss es wissen. Eine Hochzeit ist kein Seitensprung."

Dieses Mal dauerte es nur halb so lang, bis Mormor endlich ranging.

„Wer es auch ist, ich komm dir durch die Leitung und stranguliere dich damit", keifte es norwegisch aus dem Hörer.

„Ja, Mormor. Ich bin's, Rory", sagte ich im immer noch perfekten, akzentlosen Norwegisch.

Schweigen am anderen Ende. Zunächst. Verzweifeltes etwa?

„Ich wusste es", sagte sie schließlich.

„Was, Mormor? Was wusstest du?" fragte ich.

„Ich wusste, dass du es bist. Nach deinem Anruf gestern habe ich erwartet, dass du mich noch einmal anrufen wirst. In dieser Sache."

„In dieser Sache? SACHE?" fragte ich. „Wenn du es wusstest, warum hast du es mir dann nicht gestern schon gesagt?" fragte ich.

„Ja, warum nicht? Woher soll ich das wissen? Ich dachte, Stine hätte alles weggeschmissen. Du kennst sie doch. Es war, was sie gesagt hat. Woher soll ich dann wissen, dass sie nicht alles weggeschmissen hat?"

„Was ist das denn für eine Scheiße? Ich habe dir doch gesagt, ich habe die Tagebücher. Da musst du dir doch denken…"

„Oh! Was soll ich mir denn denken? Dass du bis zum bitteren Ende durchhältst?"

„Was soll das denn heißen? Du wolltest mir das Ende nicht verraten, um mir nicht die Spannung zu versauen? Oder was? Oder wie?"

„Mein *Schatz*! Es bedeutet, dass ich dir nicht erzählen wollte, was du vielleicht gar nicht wissen wolltest. Du weißt gar nicht, was Wissen, was man eigentlich gar nicht wissen will, mit einem machen kann. Ich wollte dich schützen."

„Was für eine gequirlte Riesenscheiße ist das denn? Denkst du, es ist toll, sein Leben im Dunkeln zu verbringen?"

„Nein, überhaupt nicht. Nur, dass ich Fragen erst beantworten wollte, wenn du sie mir stellst und nicht vorher."

„Falls du es noch nicht gemerkt hast, ich frage dich jetzt."

„Ich habe es gemerkt, glaub mir, mein *Schatz*. Ich habe es gemerkt. Es geht um Martin Klaus, nicht wahr?"

„In ihrem Tagebuch stehen nur die Initialen ‚MK'."

„Das ist er. Er war ein absoluter Zufallstreffer und ein richtiger Glücksfall. Vier Jahre jünger als Stine. Sie und du waren auf dem Spielplatz. Martin war auch da mit seiner jüngsten Schwester. Wie es der Zufall wollte, hat er dann auch mit dir gespielt. Auf dem Weg nach Hause hast du Stine die ganze Zeit die Ohren mit Martin-hier und Martin-da vollgequatscht. Beim nächsten Mal auf dem Spielplatz hat sie ihn angesprochen und die Sache nahm ihren Lauf. Du kennst sie ja. Du und er wurden beste Freunde und, ja, ich habe euch zusammen gesehen, er...", Mormors Stimme brach ab.

„Was, Mormor? Er hat was? Mich missbraucht? Wird jetzt nicht kryptisch wie ihr scheiß Tagebuch!"

„Er wurde dir ein Vater. Aber du kennst Stine. Sie war so was von eifersüchtig. Sie hatte eine solche Wahnsinnsangst, dich zu verlieren."

„Sie hat ihn rausgeschmissen."

„Ja."

„Du hast es all die Jahre gewusst! Alles hast du gewusst! Und mir auch nie nur was erzählt! Alles muss ich dir jetzt aus der Nase ziehen! Jetzt, wo alles egal ist, scheißegal. WEIL es zu spät ist! ZU SPÄT!" explodierte ich da in den Hörer. „WARUM?"

„Du verstehst nicht. Ich hätte es so gerne. Ich durfte nicht. Sie hat es mir verboten. Weißt du, wie sie mich angeschaut hat, als ich dir von der Beerdigung deines Vaters erzählt habe? Kannst du dich daran erinnern, dass wir uns danach ein Jahr lang nicht gesehen haben?"

„Sie sagte, du seist sehr beschäftigt."

„Es war ihre Strafe. Hätte ich dir alles erzählt, was ich wusste, hätte ich dich nie mehr sehen dürfen. Stine hatte ich schon verloren. Ich wollte dich nicht auch noch verlieren."

Na klar waren da wieder die Tränen.

„Stine war verloren. Aber da warst du. Das einzige, was dieser Nichtsnutz jemals Gutes auf die Reihe bekommen hatte."

„Lass es gut sein, Mormor."

„Ich weiß es nicht, mein Schatz. Ich weiß nicht, warum sie bei der erstbesten Gelegenheit Reißaus nehmen musste. Ich habe sie so geliebt und sie haut einfach nach Deutschland ab. Was habe ich falsch gemacht?"

„Nichts, Mormor. Gar nichts. Sie war, was sie war. Wir müssen das endgültig akzeptieren, Mormor. Ändern können wir sie jetzt eh nicht mehr."

Scheiß Rumgeheule.

„Es tut mir leid, mein *Schatz*."

„Ja, Mormor."

Nachdem sie sich wieder einigermaßen unter Kontrolle geheult hatte, sagte Mormor: „Ich hätte dir gestern schon alles sagen sollen, ich weiß. Aber ich wusste, dass du dich deswegen noch einmal melden wirst, wenn die Zeit gekommen ist. Darum habe ich Dano, den Jungen von Agneta, gefragt. Er hat im Internet für mich nach Martin Klaus gesucht. Willst du die Informationen, die er gefunden hat?"

„Ja, Mormor."

Mormor gab mir die Informationen durch, die ich auf die Innenseite des hinteren Deckels des Tagebuchs meiner Mutter notierte. Dann verabschiedeten wir uns fürs erste wieder voneinander.

Tami reichte mir ein Taschentuch: „Du weinst immer noch."

„Danke", sagte ich und nahm das Taschentuch.

„Brauchst du eine Umarmung?" fragte sie.

„Antworten brauche ich", sagte ich und wählte schon die Nummer von Martin Klaus.

Es war die Stimme. Es war seine Stimme, die meinen Blick auf zwei kleine Händchen lenkte, die den Griff eines kleinen Köfferchens hilflos umklammerten.

„Hallo? Hallo? Wer ist da?" fragte seine Stimme.

Ich wollte etwas sagen, doch kam zunächst nichts. Nichts. Nicht einmal ein Krächzen.

Die Händchen.

Das Köfferchen.

„Haaal-lo? Ist da wer? Hal-looo?" fragte seine Stimme.

„Ich… ich bin's, Rory. Ich…", meine Stimme versagte mir den Dienst.

„Wie bitte? Rory? Rory Kilburn-Brent? Was soll das? Soll das ein Scherz sein?"

„Nein, nein", stammelte ich unter Schmerzen in den Hörer. „Ich bin's…"

Schlucken am anderen Ende der Leitung: „Mein roter König…", seine Stimme brach ab.

Scheiß Rumgeflenne.

„Es tut einfach noch zu sehr weh. Ruf mich nie wieder an, Rory", sagte seine Stimme und dann war da nur noch ein Tuten in der Leitung.

Er war weg.

Er war weg.

Und ich stehe mit dem Köfferchen in der Tür und schaue ihm hinterdrein.

Immer noch.

Ich saß da und erinnerte mich an alles, an was ich mich nicht hatte erinnern wollen. Und fand mich auf einmal in der tröstenden Umarmung von Tami wieder und flennte Rotz und Wasser wie ein kleines Baby in den

Armen seiner Mutter, bis sich Wolfgang räusperte: „Ich glaube, ich brauch jetzt einen kräftigen Schluck."

Tami löste sich ein wenig von mir, um zu schauen, ob ich damit einverstanden war. Ich nickte und sie ging und holte eine Flasche Whiskey.

Um der Wahrheit die Ehre zu geben: Es wurde ein feuchter, aber bei weitem kein fröhlicher Abend. Wir kippten Pinnchen um Pinnchen, Wolfgang erzählte von seiner Zeit in den USA. Von seinen Erfolgen, um genau zu sein. Ich erzählte ausführlich von Leni. Fragen Sie mich nicht, was mich in geradezu selbstzerstörerischer Absicht dazu trieb.

Je leerer die Flasche Whiskey wurde, umso trauriger wurde ich, bis ich ungehemmt das Pinnchen vollflennte. Da gab Tami – und so betrunken war ich noch nicht, es nicht mitzubekommen – Wolf ein Zeichen, woraufhin er theatralisch gähnte: das Zeichen zum Aufbruch.

„Dann will ich mal", sagte ich und erhob mich.

Wolf sah mich überrascht und besorgt zugleich an: „Das halte ich für keine gute Idee. Wir alle haben getrunken, Tami, too. Sie kann dich nicht fahren. Ich glaube auch nicht, dass ein Taxi riskieren will, dich zu fahren. Ein vollgekotztes Auto ist kein Spaß. Ich spreche aus Erfahrung."

„Na, wenn das so ist: Ich nehme die Couch", sagte ich und hielt nach eben dieser Ausschau, um meinen guten Willen zu demonstrieren.

Wieder sah Wolf mich überrascht an, dieses Mal aber belustigt dazu: „Do you know my pick-up line, my boy? *Yes, I am a loser in a wheelchair. But I am a super-rich loser in a wheelchair.* Always a winner! Natürlich habe ich ein Gästezimmer für dich, mein Junge."

„Aber wo schläft dann Tami?" fragte ich, ohne hoffentlich zu offensichtlich rüberzukommen.

„Tami hat als meine Persönliche Assistentin natürlich ihren eigenen Wohntrakt in meinem Haus", sagte Wolf, wozu Tami kräftig nickte und sich nur mit Mühe ein Lachen verkneifen konnte. Guckte ich wirklich so blöde aus der Wäsche?

Nicht. Dein. Ernst!

„Dann will ich mich mal auf die Suche nach besagtem Gästezimmer machen", sagte ich in der Hoffnung, dass man mir meine Enttäuschung nicht anmerkte, und setzte mich dann in Bewegung, was sich nicht ganz so einfach gestaltete, wie ich mir das vorgestellt hatte. Ich war aber, wie gesagt, noch nicht betrunken genug, um nicht zu merken, wie Wolf Tami ein Zeichen gab. Behände sprang sie auf, mir einen Schwerpunkt und Richtung zu geben.

„Danke", sagte ich zu ihr und zu Wolf: „Gute Nacht. Mag uns die Sonne morgen wieder scheinen."

Er lächelte und sagte: „Gute Nacht, mein Junge!"

Um der ungeschminkten Wahrheit ein weiteres Mal die Ehre antun zu müssen: Tami sah nicht unbedingt danach aus, doch war sie kräftig genug, mich eigenhändig in das sagenumwobene Gästegewölbe zu schaffen, wo sie mich elegant auf das Bett niedergleiten ließ, um sich sofort wieder aus dem Staub zu machen.

„Hey", sagte ich da und hielt sie am Arm fest. Sie wandte sich mir wieder zu.

„Ich muss mich erst noch um Wolf kümmern. Aber dann bin ich wieder bei dir. Ich versprech's", sagte sie.

Ich hatte das schon einmal gehört. Ich wusste auch wann, wo und von wem. Doch wollte ich mich an all das jetzt nicht erinnern. Ich wollte nur

Sie machte sich los und war sogleich entschwunden, als wäre sie nie dagewesen.

Ich blieb einfach so liegen, bis

sie wider Erwarten doch wieder da war.
Vor Erleichterung hätte ich beinahe losgeheult.

Sie beugte sich über mich. Ihr Gesicht war genau über meinem. Wahrscheinlich wollte sie sich vergewissern, dass ich noch nicht eingeschlafen war.

Sie begann, mich zu küssen. Und sie begann, mich auszuziehen.

Ich suchte nach ihren Händen und hielt sie fest. Sie hielt inne und schaute mich an. Überrascht und verletzt zugleich.

„Nicht, dass ich dich nicht will", sagte ich leise, „aber kannst du mich jetzt einfach nur halten?"

„Können wir uns nicht einfach nur ineinander verkriechen und schlafen?" wisperte ich.

Einen langen Moment lang starrte sie mich verblüfft, wenn nicht gar entsetzt an, dann biss sie sich auf die Lippen und versuchte dann überhastet-hilflos, ihr Gesicht meinem Blick zu entziehen.

Sie verdrehte zunächst die Augen, um dann zur Seite zu schauen, um dann ihr Gesicht in ihrer Schulter zu verbergen.

Waren das etwa Tränen?

Waren das etwa Schluchzer, die sie da erschütterten?

Ich war – Überraschung! – mit einem Schlag nüchtern. Ich war wach.

Ich stützte mich mit dem einen Arm auf dem Bett ab und streckte den anderen nach ihr aus, zwang sie, sich mir wieder zuzuwenden: „Hey, was ist?"

Sie hielt die Augen geschlossen, doch immer noch liefen Tränen ihre Wangen hinunter: „Warum willst du mich nicht ficken?"

Ich hielt es auch in dieser Situation wie immer mit der Wahrheit, mochte sie auch noch so egoistisch klingen: „Ich brauche jetzt größere Nähe als durch die Penetration von Körperöffnungen möglich."

Ein großer Schluchzer schüttelte sie durch: „Oh, Gott! Ich fühle mich so nackt. So nackt vor dir."

Ich war verwirrt. Was war daran denn so falsch? War das etwa was Schlechtes?

„Aber warum?" fragte ich, ohne drauf hinzuweisen, dass wir beide im Moment noch verdammt viel anhatten.

Sie öffnete die Augen und schaute direkt in mich hinein, während sie robust, aber zärtlich meine Wange streichelte.

„Weil ich mich soeben in dich verliebt habe", wisperte sie.

Wortlos empfing ich sie in meinen Armen.

Eng umschlungen schliefen wir ein.

Ein Kuss auf die Nasenspitze weckt mich. Zärtlich, aber robust. Langsam öffne ich die Augen und schaue in Lenis Gesicht. Schaue in ihr glückliches Lächeln, durch das hindurch ich das Lächeln Tamis sehe, ihren Kuss auf meiner Nasenspitze spürend. Robust, aber zärtlich.

Das Fenster war das erste, was ich sah, als ich die Augen aufschlug. Die Morgendämmerung begrüßte mich.

Die Arme waren leer. Ich schaute zur Tür.

Die Tür war einen Spalt breit geöffnet, Tami schon fast hindurch geschlüpft.

„Warum kannst du mich nicht einfach meinen Job machen lassen? Warum musst du es immer sein, die nach einer gemeinsam verbrachten Nacht einfach so verschwinden will? Wir Männer haben schließlich auch Rechte, weißt du? Zu unserem Erbrecht gehört es, das Arschloch zu sein. Das ist unsere Bestimmung", sagte ich.

Ich versuchte mal wieder die Situation zu retten.

„Erstens: …", begann sie, halb drin und halb draußen.

„Mach es nicht komplizierter, als es schon ist", beendete ich den Satz für sie. „Und zweitens?" fragte ich.

„Und zweitens habe ich einen Freund."

„Na klar. Einen Scheiß hast du", sagte ich und drehte mich von ihr weg – in der Hoffnung, nur das Zuschlagen der Tür hören zu müssen. Schimanski mich mal!

Um der nackten Wahrheit ein weiteres Mal die Ehre antun zu müssen: Ich hörte, wie die Tür geschlossen wurde. Ich hörte aber nicht, wie sich ihre Schritte draußen auf dem Flur immer weiter entfernten, sondern wie sie sich dem Bett unaufhaltsam näherten. Dann hörte ich, wie sie sich vorsichtig auf das Bett setzte. Dann hörte ich, wie sie sich vorsichtig hinlegte. Und dann fühlte ich, wie sich an mich schmiegte.

„Mein Liebling", begann sie zärtlich wispernd und ich zuckte bei dem Wort gar nicht zusammen wie sonst, „ich habe nicht gelogen. Ich habe mich in dich verliebt. Ja, und natürlich wünsche ich mir irgendwo in meinem tiefsten Innern, mit meinem Traumprinzen glücklich bis ans Ende der Geschichte zu leben. Welches kleine Mädchen möchte nicht mit ihrem Märchenprinzen leben, denn das bist du: der Traumprinz aus dem Märchen. Zu imperfekt, um wahr zu sein. Du kannst dir gar nicht vorstellen, wie groß die Versuchung ist! Aber es ist auch wahr, dass ich einen Freund habe. Ja, wir leben in einer offenen Beziehung, wie könnte ich sonst hier mit dir sein? Ich möchte aber mit ihm zusammen bis ans Ende unserer Tage leben. Ich möchte eine Familie mit ihm. Ich möchte mit ihm alt werden."

„Du kannst auch mit mir ein Zuhause haben", widersprach ich gleichfalls wispernd.

Sie lachte sanft auf unter ihren Tränen. Dann küsste sie mich auf den Hinterkopf und entfernte sich.

Es wurde plötzlich kalt in meinem Rücken. Ich biss mir auf die Lippen.

Dann hörte ich, wie sich die Tür öffnete. Dann hörte ich noch einmal ihre Stimme: „Ich fahre jetzt zum Hotel, deine Sachen holen. Dein Rückflug ist in ein paar Stunden. Später ist jetzt, Rory. Deine Zeit hier ist zu Ende."

Und die Tür fiel zu und ihre Schritte draußen im Flur entfernten sich.

„Our time is up", kam es mir noch über die Lippen, bevor die Tränen mich übermannten.

Dann stand Wolf in seinem Rollstuhl neben dem Bett. Er strich mir übers Haar: „Ich versteh dich, mein Junge. Es tut mir leid. So unendlich leid!"

„Warum?" war das einzige, was ich herausbringen konnte.

„Es ist Zeit", sagte Wolf.

Von da an verging die Zeit wie im Fluge, was wahrscheinlich daran lag, dass ich auf Autopilot geschaltet hatte, um im Bild zu bleiben. Immerhin begriff ich auf der Fahrt zum Flughafen, warum Tami mich immer in dieser gigantomanischen Familienkutsche herumkutschiert hatte. Was bot besser Platz für Wolf und seinen Rollstuhl?

Womit konnte ich mich aber sonst vom Thema ablenken, was da Abschied hieß? Um der zuvor schon so oft beschworenen Wahrheit die Ehre zu geben: Darin war ich – Überraschung! – überhaupt nicht gut.

Als es endlich so weit war, fehlten mir wie immer die Worte. Aber scheinbar war ich dieses Mal nicht der einzige mit Defiziten in dieser Disziplin des Abschiednehmens und Loslassens. Auch meine Gastgeber wussten nicht recht, was sagen. So entschied ich, Wolf noch eine letzte Frage zu stellen. Was, was mich partout nicht loslassen wollte: „Warum bist du so sicher, dass ich nicht dein Sohn bin?"

„Ja das", sagte er.

„Ja, das", sagte ich.

„Das ist mir wirklich unangenehm, really, really unangenehm", sagte er.

„Oh", sagte ich und begann, zu begreifen.

Und Wolf schien zu begreifen, was ich dabei war, zu begreifen: „Ach, nein! Nicht das!"

„Nicht das?"

„Nein, nicht das."

Er schien nach Worten oder nach einem Ausweg aus dieser Situation zu suchen: „Ihr werdet lachen, wenn ich es euch erzähle."

„Im Moment eher nicht, denke ich, nein", sagte ich.

„Schön", sagte er dann und atmete einmal tief durch: „Also, die Sache ist die: Stine und ich haben uns geliebt, aber wir haben uns nie geliebt."

„Was?" fragte ich.

„Nicht möglich", sagte Tami.

Wie geht noch einmal die deutsche Redewendung mit dem Groschen und dem Pfennig? Der Groschen fällt Pfennig-weise? Bei mir dauerte es etwas länger. Autopilot abschalten und so. Als ich es aber endlich begriffen hatte, was mir Wolf da mitzuteilen versucht hatte, konnte ich mich nicht zurückhalten: „In echt jetzt? IN. ECHT??"

Scheiße! Was war er denn nur für ein Superidiot?

„Was kann ich zu meiner Verteidigung sagen? Natürlich haben wir uns geküsst. Natürlich haben wir uns... äh... berührt. Wir haben es jedoch nie getan. Es gibt einen Film, gar nicht mal so alt, der den Grund ganz gut veranschaulichen hilft. Der Film heißt „Still Breathing". Die Hauptrollen haben Brendan Fraser und Joanna Going inne. An einer Stelle im Film erklärt Brendan Fraser Joanna Going an einem Stück Schokolade, warum er sie nicht gleich hier auf dem Tisch nimmt. Er fragt sie, ob sie das beste Stück Schokolade, das es auf der Welt gibt, gleich im Laden runterschlingen oder ob sie die Schokolade nicht vielmehr mit nach Hause nehmen würde, um sie dort so richtig genussvoll zu verspeisen."

„Ich verstehe nicht", gab ich offen und ehrlich zu.

„Stine war für dich ein Festmahl und kein Snack, richtig?" fragte Tami.

„Ich sehe", sagte er und schaute nicht gerade begeistert zu ihr. „Im Film war es natürlich viel romantischer. Aber grob verkürzt kann man das so zusammenfassen. Stine war etwas Besonderes. Etwas Außergewöhnliches. Sie war außerirdisch. Ich wollte sie, ich wollte unsere Verbindung feiern. Heiligen wollte ich sie", sagte er.

Meine Mutter eine Heilige. Na klar.

„Kein Sex vor der Ehe", sagte ich nur. Und. Es. War. Keine. Frage. Ich hatte verstanden.

„Ja das. Aber sehr, sehr, sehr, sehr verkürzt ausgedrückt. Ihr jungen Leute wisst wirklich nicht mehr, was Romantik ist. Für euch ist alles Justin Bieber. But yes: that. Darum ging unser Streit. Sie wollte nicht mehr warten", sagte er.

„Immer alles gleich sofort jetzt. Ich weiß", sagte ich.

„Vielleicht kannst du dir jetzt ausmalen, wie sehr mich die Einladung zur Hochzeit getroffen hat", sagte er.

Ich wusste nichts darauf zu erwidern.

Wolf wischte sich eine Träne aus dem Auge und lächelte mich an: „Ganz abgesehen davon: Wo waren wir stehen geblieben? Ach ja! Bei deinem Vater. Also: Dein Vater war entgegen aller Gerüchte nicht der Typ Mensch, sich mit Eitelkeiten abzugeben. Eine Schwäche hatte er jedoch: Er färbte sich die Haare."

Ich schaute ihn zunächst wieder mal blöde an, bis Pfennig und Groschen – Sie verstehen, was ich meine?

„Oh! Aaah! Äh… Danke?" sagte ich und grinste unsicher.

„Nicht dafür", sagte er und lächelte.

Und dann war es Zeit. Wolf schüttelte mir die Hand und sagte: „Pass gut auf dich auf, mein Junge! Ich wünsche dir und deiner Leni alles nur erdenklich Gute! Wenn du Hilfe brauchen solltest, weißt du, wo du mich findest."

„Danke! Danke für deine Gastfreundschaft! Danke dafür, dass ich mit meinen Fragen zu dir kommen konnte. Das werde ich dir nie vergessen", sagte ich und ließ dann widerwillig seine Hand los, um ihn im nächsten Moment zu umarmen.

Dann trat Tami an mich heran und küsste mich auf die Wange: „Thank you."

Ich drehte mich um und ging, mich von riesengroßen Sicherheitsbeamten mit ihren Riesenhänden betatschen zu lassen. (Fragen Sie mich jetzt bitte nicht, warum ich diesen schwachen Versuch eines Witzes bringen musste!)

Und wieder Berlin

Leni erwartete mich am Flughafen in Berlin. Kaum hatte sie mich erblickt, sprintete sie los, sprang mir in die Arme und schlang ihre Beine um meine Hüften. Sie drückte ihre Lippen auf die meinen und küsste mich mit einem mir bis dato unbekannten Verlangen zärtlich, aber robust.

Ich hielt zunächst die Augen geschlossen. Doch übermannte mich plötzlich das Verlangen, ihr Gesicht zu schauen, zu sehen, wie es mich küsst.

Ich öffnete die Augen für den Bruchteil eines Augenblicks und sah ihre geschlossenen Augenlider. Ich wusste nicht, warum, wahrscheinlich, weil ich es nicht in Worte zu fassen vermochte, aber dieser Anblick, wie sie mich mit vollkommener Hingabe mit geschlossenen Augen küsste, brach mir das Herz. Schauen so nicht Babys, wenn sie von ihrer Mutter gestillt werden?

In diesem Bruchteil eines Augenblicks, den ich hier versuche, Ihnen mit meinen inadäquaten Mitteln plastisch vor Augen zu führen, verliebte ich mich neu in Leni. Nicht einfach aufs Neue, nein! Neu! Ich verliebte mich neu in sie, in Leni.

Leni.

Ich merkte erst jetzt, wie intensiv sie ihren Unterleib gegen den meinen presste und ich den meinen gegen den ihren. Ich löste meine Lippen von den ihren: „Leni."

Sie öffnete die Augen. Wir schauten uns an.

„Du hast dich nicht gemeldet. All die Tage nicht. Ich habe mir solche Sorgen gemacht. Was, wenn etwas Schlimmes passiert? Aber ich sagte mir, dass ich es akzeptieren muss, wenn es das ist, was du brauchst. Ich muss akzeptieren, wenn du dir Zeit für dich nehmen musst, wenn es das ist, was es braucht, damit wir wieder eins sein können", sagte sie.

„Leni. Ich... Ich brauche dich. Ich... Ich liebe dich."

Da löste sie ihre Beine um meine Hüften, schnappte sich mit der einen Hand meinen Carry-on und mit der anderen Hand mich und steuerte dann schnurstracks auf den Ausgang zu.

„Komm", sagte sie und lächelte mich dabei glücklich an. „Worauf warten wir noch? Gehen wir endlich nach Hause, Schatz!"

5 Monate später

Nauen

Um noch einmal der Wahrheit die ihr gebührende Ehre zuzugestehen: Zeit ist nie genug. Schon stand ich im Schlafzimmer meines besten Freundes und Trauzeugen Carsten Lietzer und schmiss mich vor einem Ikea-Spiegel in seinem Schlafzimmer für die heute anstehende Hochzeitszeremonie in Schale, während Leni in der Wohnung ihrer besten Freundin und Trauzeugin Mechthild Reinhold letzte Vorbereitungen traf. Zwar handelte es sich nur um eine standesamtliche Trauung, aber es sollte eben alles seine Richtigkeit haben und alles so richtig schick aussehen.

Da klopfte es an der Tür und sie öffnete sich einen Spalt breit: „Verzeih, Rory, aber da ist jemand für dich", sagte Carsten und öffnete, ohne meine Erlaubnis abzuwarten, die Tür dann ganz. An ihm vorbei schob sich ein Rollstuhl ins Zimmer: Wolfs Rollstuhl mit ihm drin.

„Was machst du denn hier?" fragte ich und merkte zu spät, wie nah ich inzwischen am Wasser gebaut hatte.

„Ach das. Das war die Idee deiner Zukünftigen. Sie hatte es sich in den Sinn gesetzt, alle Unterstützung für das heutige Großevent heranzukarren, die du kriegen kannst", sagte er, während wir uns umarmten. „Famoses Mädel. Tolle Frau, deine Leni."

„Aber wo ist Tami?" fragte ich, nachdem ich mich wieder von ihm gelöst hatte.

„Ach ja das. Hier", sagte er und kramte ein Bildchen heraus, das er mir gab. „Das soll ich dir von ihr geben mit vielen lieben Grüßen und besten Wünschen für den heutigen Tag und für alle Tage, die darauf folgen werden. Sie wäre zu gerne selber gekommen. Wie du jedoch sehen kannst, ist das unter ihren jetzigen Umständen nicht möglich."

Ich schaute mir das Bildchen an. Es zeigte eine Ultraschallaufnahme.

„Sie ist schwanger", entfuhr es mir und ich wusste wahrhaftig nicht, was das mit mir machte.

„Ja, sie ist schwanger mit ihrer Tochter Adrienne", sagte er.

Ich schaute von dem Bild zu ihm, von ihm auf das Bild. Ich schluckte und war sicher, dass ich in diesem Moment genau so aussehen musste, wie ich mich fühlte.

„Sie möchte nur, dass du dich für sie und Jérôme freust", sagte er und griff nach der Hand, in der ich das Bild hielt.

„Wer ist Jérôme ?" fragte ich.

„Ihr Freund. Wirklich ein toller Bursche. Really. Zu seinem Unglück kann er jedoch keine Kinder zeugen", sagte er.

„Na klar. Sie brauchte einen Samenspender: mich", entfuhr es mir nach einem Schreckmoment der Erkenntnis und ich schmeckte Bitterkeit.

„Sehr verkürzt zusammengefasst: ja. Diese Verkürzung entstellt jedoch das Ganze. Die Wahrheit ist, dass Tami dich liebt. Das mag jetzt kitschig klingen, was ich sage, Fakt ist jedoch, dass Adrienne ein in Liebe gezeugtes Kind ist. Ein aus Liebe gezeugtes Kind. Tami und Jérôme haben auch nicht vor, Dich aus dem Leben von Adrienne auszuschließen. Du bist jederzeit herzlich willkommen", sagte er und drückte meine Hand: „Sie möchten nur, dass du und deine Leni genauso glücklich werdet, wie sie es sind."

Ich wusste nichts darauf zu erwidern. Woher auch?

„Ich weiß, es ist nicht einfach. Wir werden groß mit dem, was die Gesellschaft meint, was Familie ist. Eines Tages jedoch wachst du auf und die Familie ist weg. Oder das, was die Gesellschaft meinte, was Familie ist. Familie ist jedoch nicht nur das. Familie ist mehr, viel mehr und kann auch viel mehr, als wir für möglich halten. Das ist, was ich gelernt habe. Auch durch dich, mein Junge. Danke dafür", sagte er.

Ich konnte mich nicht mehr zurückhalten und er nahm mich in den Arm, bis ich wieder einigermaßen die Kontrolle zurückerlangt hatte. Dann schaute ich ihn an.

„Ist dieses verblödete Grinsen in Stein gemeißelt, oder was? Das scheint ja gar nicht mehr wegzugehen", sagte ich und grinste wahrscheinlich selbst etwas blöde.

„Was kann ich machen? Für jemanden, der an einem Punkt in seinem Leben es nie für möglich gehalten hatte, Vater zu werden, geschweige denn Großvater, habe ich es doch ziemlich weit gebracht, oder nicht?" sagte er.

„Tami ist deine Tochter?" entfuhr es mir nach einer mordsmäßigen Schrecksekunde.

„Ist sie. Schwanger mit Stines und meinem Enkel. Schon schön komisch, nicht, wie das Leben so ist, nicht wahr? Es erinnert mich an eine Geschichte, die ich mal gelesen habe. Liebende werden getrennt, heiraten andere Partner, werden Eltern und rein zufällig kreuzen sich Jahrzehnte später die Lebenswege dieser Kinder, die zu Liebenden werden, die heiraten und Eltern werden. Natürlich ist das Happy End unserer Geschichte komplizierter. More sophisticated I mean", sagte er und grinste weiter sein ansteckend-verblödendes Idiotengegrinse.

„Kein Scheiß. Tami ist deine Tochter", rief ich. Darum kann sie auch Deutsch, na klar!

„Jérôme ist es jedenfalls nicht, auch wenn dir das möglicherweise lieber wäre. So sophisticated bin ich dann doch auch nicht", sagte er und grinste immer noch wie blöde.

„Wo ist dann aber ihre Mutter?" konnte ich mich nicht abhalten, zu fragen.

Sein Grinsen erlosch augenblicklich: „Ja das. Tamis Mutter und ich arbeiteten im gleichen Labor. Ich wäre heute nicht hier, wenn sie nicht gewesen wäre. Leave it at that, okay, my boy? Niemand will die Liebe seines Lebens sterben sehen."

Peinlich berührt schaute ich zu Carsten hinüber, der bisher nur stumm dabeigestanden hatte. Wie doch alles immer wieder von einem Moment auf den anderen kippen musste. Scheiße! Situation retten, war mal wieder angesagt.

„Wenn Tami aber nicht mitgekommen ist, wer hat dich denn dann hierher gebracht? Du bist doch nicht allein auf Reisen gegangen", sagte ich zu Wolf.

„Ach das", sagte er und drehte den Kopf zur Tür: „Genug verstecken gespielt. Du kannst jetzt reinkommen. Zeit für deinen dramatischen Auftritt", rief er über die Schulter.

Und da war er. Bester Freund. Vater. Schimanski-Fan. 30 Jahre älter. Martin Klaus. Und schon flogen wir uns in die Arme. Buchstäblich.

Scheiße. Ich hatte nicht am Wasser gebaut. Ich hatte im Wasser gebaut.

„Es tut mir leid. Es tut mir so leid. Bitte verzeih, dass ich dich im Stich gelassen habe", sagte Martin unter

Tränen, während ich Wolf sagen hörte: „Auch das war Lenis Idee."

Ich flennte gnadenlos Rotz und Wasser wie ein kleiner Junge in den Armen seines Vaters, bis Carsten sich räusperte: „Es ist Zeit, Rory."

Geplant war, dass Carsten mich in meinem Wagen zum Standesamt fährt. Ich hatte aber nicht mit zwei zusätzlichen Fahrgästen gerechnet, einer von diesen dazu noch in einem Riesentrumm von Rollstuhl. Mein Auto war daher definitiv zu klein für uns alle. Zum Glück waren Martin und Wolf selbst mit einem mehr als ausreichend großen Gefährt erschienen, in dem wir alle Platz fanden und das uns sicher an unser Ziel brachte.

Ich war nicht vorbereitet auf das, was mich dort im Raum des Standesamtes erwartete. Ich hatte erwartet, dass Lenis Seite mit Freunden, Bekannten und allen Verwandten ihres Clans gerammelt voll sein und überquellen würde, während meine Seite dagegen vollkommen leer zu sein hatte, eine Wüstung. Dem war aber nicht so! Auch auf meiner Seite saßen Menschen.

Erstaunlich viele sogar. Beängstigend viele! Viel zu vieleviele!

Ich blieb wie angewurzelt in der Tür des Raumes stehen.

„Also…", begann Wolf hinter mir zu protestieren.

Da drehte sich eine kleine Person in der ersten Reihe auf meiner Seite zu uns herum. Es war Mormor. Was hatte sie hier nur zu suchen? Hatte sie mir nicht bei unserem letzten Telefonat gesagt, zu beschäftigt und zu alt zu sein, um zur Hochzeit zu kommen? Sie lächelte und winkte mir zu.

Dann erhob sie sich und kam zu uns, wobei sie einen alten Mann an der Hand hinter sich her zog, den ich nie zuvor gesehen hatte. Bei uns angelangt, ließ sie seine Hand los, um mich zu umarmen.

„Du bist eine scheiß Lügnerin, weißt du das?" sagte ich.

„Ich habe nicht gelogen, als ich dir sagte, dass ich zu beschäftigt sei, um zu deiner Hochzeit zu kommen. Aber Leni bestand drauf. Sie war sehr überzeugend, musst du wissen, mein *Schatz*."

„Und wen hast du da mitgebracht?" fragte ich, nachdem ich mich wieder aus ihrer Umarmung gelöst hatte.

Sie ergriff wieder die Hand des alten Mannes: „Jemand besonderen: deinen Großvater Christian."

„WAS?"

„Fuck me!" entfuhr es Wolf hinter mir.

„Oooh! Der Superidiot ist auch hier! Wie entzückend! Hallo, mein Süßer", winkte Mormor ihm vollkommen verzückt zu, bevor sie sich – wieder ganz sie selbst – an mich wandte: „Du hast mich mit deinen Anrufen vor ein paar Monaten ganz schön durcheinandergebracht und nachdenklich gemacht, musst du wissen, mein *Schatz*. Ich habe deshalb ziemlich lange nachgedacht, bevor ich zu der Erkenntnis gelangte, dass unser Leben viel zu kurz ist, um es mit Ängsten, falschen Eitelkeiten und noch falscherem Stolz zu ruinieren. Ich habe Agnetas Jungen Dano deswegen noch einmal darum gebeten, für mich im Internet nach jemandem zu suchen: deinem Großvater. Er fand ihn. Ich bin zu ihm gefahren. Jetzt sind wir hier."

„Ich traute meinen Augen nicht, wie ich die Tür öffne und Gro steht vor mir. Schön wie eh und je", meldete sich da der alte Mann das erste Mal zu Wort.

„Drei Jahre zuvor hatte er seine Frau unglücklicherweise verloren. Krebs", merkte Mormor an.

„Morfar", sagte ich da, was ungewohnt und seltsam klang, aber auch nach einem Versprechen.

Wir umarmten uns und – Überraschung! – wieder flossen Tränen.

Schließlich löste ich mich aus der Umarmung und schaute dann von Morfar zu Mormor und dann von Wolf über Carsten auf Martin und dann auf all die vielen Menschen auf meiner Seite des Raums, die wie die Menschemassen auf Lenis Seite uns sämtlichst anstarrten und sehr wahrscheinlich auch alles mitbekommen hatten, was gerade abgelaufen war.

„Und wer seid Ihr?" fragte ich all die Menschen auf meiner Seite.

„Meine Kinder, ihre Lebenspartner und Kinder. Deine Tanten, Onkel, Cousinen und Cousins", sagte Morfar da und eine große Meute an Menschen winkte mir zu.

„Meine Frau und unsere Kinder", sagte da Martin und wieder wurde wie wild gewunken.

„Ja, und dann ist da noch eine Verwandte deines Vaters. Sie war die einzige, die Leni auftreiben konnte. Wenn ich sie richtig verstanden habe, ist sie auch die einzig verbliebene Angehörige der Familie deines Vaters. Ich gebe zu, sie ist etwas kauzig. Was erwarte ich aber auch anders? Sie ist englisch. Aber ist sie wirklich englisch, frage ich mich. Sie stellte sich als Madame Üß vor. Klingt nicht sehr englisch in meinen Ohren", flüsterte mir Mormor zu, während die ältere Dame aus der ersten Reihe, neben der Mormor bei meiner Ankunft gesessen hatte, sich erhob und sich kurz und distanziert wohlwollend in meine Richtung verbeugte, bevor sie sich wieder setzte.

„Madame Üß? Üß?" fragte da Wolf, der gehört hatte, was Mormor mir zugeflüstert hatte. „Warum kommt mir dieser Name nur so bekannt vor?"

Bevor er der Sache aber auf den Grund gehen konnte, räusperte sich Carsten, der die ganze Zeit über stumm dabei gestanden hatte, und sagte zu mir: „Rory, es ist Zeit."

„Für alles und jeden ist später noch Zeit. Jetzt steht anderes auf dem Programm", sagte Carsten dann an alle gerichtet, scheuchte dann Mormor, Morfar und Martin auf ihre Plätze und fuhr dann Wolf in die erste Reihe auf meiner Seite, bevor er dann zu mir zurückkam, mich freundlich, aber bestimmt am Arm ergriff, um mich dann nach vorne zu dem Tisch der leicht verunsichert lächelnden Standesbeamtin zu führen.

Als ich dann da vorne stand, hörte ich wie Wolf Madame Üß zuflüsterte: „Maybe we are a bunch of losers. But that doesn't really matter, my dear. What's really important is: We are family. That's what counts. That makes us all winners, my dear. Today, tomorrow and... eh... ever after. Forevermore."

Und als ich dann ich auf all die Menschen links und rechts vor mir schaute, die meine Familie waren, und dann Leni erblickte, wie sie am Arm ihres Vaters Heinzgerd den Raum betrat, um dann mit lächelnder Gewißheit strahlend auf mich zuzuschreiten, war ich für das erste Mal in meinem Leben wahrhaftig restlos davon überzeugt, dass die Geschichte dieses-meines Lebens nicht zwangsläufig in einer Katastrophe zu enden brauche. Zumindest in diesem Moment für diesen Augenblick jetzt hier, bin ich mir dessen zu 100% sicher.

Und für den Anfang ist mir das genug.

Peripetie

Dies wäre die Geschichte eines Superhelden geworden, desjenigen, der die sicherlich bemitleidenswerte Kim einfach so ihrem Schicksal überlassen hat, obwohl er sie davor hätte bewahren können. Dies wäre die Geschichte eben dieses Superhelden geworden, wenn ich denn die Rechte an eben diesem Superhelden besitzen würde. Wie sich jedoch herausgestellt hat, ist eben dieser Superheld, jener besagte, der die arme Kim einfach so im Stich gelassen hat, obwohl es in seiner Macht gestanden hätte, sie zu retten, das geistige Eigentum eines Anderen aus der Kreativwirtschaft, sprich: Es handelt sich bei eben jenem Superhelden, den Sie ein Kapitel zuvor in Nichtaktion erlebt haben, nicht um *unseren* Superhelden.

Nichtsdestotrotz, das müssen Sie mir einfach unbesehen glauben, habe ich um ihn gekämpft, sprich: Ich habe darum gekämpft, ihn hier zu Ihrem Wohlgefallen als Mann der Tat auftreten zu lassen. Ich war sogar bereit, für dieses Privileg eine nicht zu geringe Summe aufzuwenden, die sicherlich das für dieses Machwerk zu erwartende Honorar überstiegen hätte. Dieses Opfer hätte ich in Ihrem Namen und im Namen der Kunst nur allzu gerne willfährig erbracht!

Die Verhandlungen mit dem Anderen aus der Kreativwirtschaft ließen sich zunächst auch gut an. Doch dann fand der Andere aus der Kreativwirtschaft, dessen Namen an dieser Stelle zu nennen, mir gerichtlich verboten wurde, heraus, was ich genau mit seinem geistigen Eigentum zu tun gedachte. Wie er es herausfand, weiß ich bis jetzt nicht. Es soll uns hier auch nicht weiter beschäftigen. Festzuhalten bleibt nur, dass sich von da an die Verhandlungen als äußerst schwierig gestalteten, sprich: Von da an ging es den Bach runter, dann ging es bis aufs Messer und anschließend bis vor Gericht.

Das Gericht entschied, wie Sie sehen können, bedauernswerterweise nicht zu meinen Gunsten. Es untersagte mir nicht nur – wie schon erwähnt – die Namensnennung des Ars… des Anderen aus der Kreativwirtschaft, sondern auch jegliche Nutzung des von ihm beanspruchten geistigen Eigentums.

So wurde nichts aus der Geschichte eben jenes besagten Superhelden an dieser Stelle, was mehr als schade ist, sprich: Es ist eine Schande! Welch Chance wurde hier nur vertan? Welch Potential muss nun ungenutzt bleiben??

Aber glauben Sie mir bitte: Unsere Geschichte wird nicht auf so eine jämmerliche Weise enden. Ich werde mich von so einer Lappalie doch nicht unterkriegen lassen. Ich werde mir etwas einfallen lassen, um aus dieser Malaise wieder herauszufinden. Noch ist das letzte Wort nicht gesprochen!

Versprochen!

Fortsetzung folgt.

~~DANACH~~
VOR

Inspiriert durch den Film 남과여

Welch ein Glück! Die Teambesprechung war heute überraschenderweise kurz. Statt wie üblicherweise bis weit nach Mitternacht zu dauern, war heute ausnahmsweise schon um 20 Uhr Schluss. Welch ein Glück!

*

Sie rührte in ihrer Kaffeetasse, als hätte sie alle Zeit der Welt. Er hatte seinen Kaffee noch nicht einmal angerührt. Er schaute sie unverwandt an.

Schließlich hielt sie es nicht länger aus: „Warum dieses Treffen? Hast du es dir noch einmal anders überlegt? Möchtest du zurück?" fragte sie, während sie weiterhin unablässig in ihre Kaffeetasse starrte, in der sie weiterhin ebenso unablässig rührte.

Aus den Augenwinkeln sah sie, wie er jetzt seine Kaffeetasse ergriff und zum Mund führte. Wollte er etwas verbergen, ein Grinsen gar, schoss es ihr durch den Kopf, wie sie ihn so sah.

Er nahm einen Schluck von seinem Kaffee und stellte die Tasse wieder ab.

„Nein", sagte er.

Sie fühlte sich plötzlich zusammensacken. Schrumpfen und schrumpeln. Verschwinden.

Überraschenderweise.

„Warum dann?" presste sie hervor.

„Wir werden heiraten", sagte er.

Für einen Augenblick war da nichts. War sie nichts. War alles nichts.

Leere.

Etwas schoss aus ihr heraus, kehrte aber einem Bumerang gleich zurück und traf sie voll, weil unvorbereitet: „WOW!"

Und sie konnte nicht mehr atmen.

„Sie ist schwanger, musst du wissen", sagte er.

Atmen hätte sie müssen. Aber das hätte weiterleben bedeutet. Nein, sterben wollte sie. Dann wäre sie wenigstens nicht mehr allein. Nie mehr allein. Nicht wahr?

„Vorher schon, davor schon war sie schwanger", sagte er, während er sie weiterhin unablässig unverwandt anschaute, als wäre sie ein aufgespießtes Insekt unter einem Mikroskop.

Er beobachtete sie sogfältig und wog jedes einzelne Wort genau ab, das er ihr jetzt sagte: „Ich möchte, dass du das weißt."

Sie sah auf. Es war das erste Mal, dass sie ihn voll wahrnahm. Sie fühlte jedes einzelne Wort, wie es in ihr einschlug und zerfetzte, was da gewesen war.

Ein Geräusch entrang sich ihrer Kehle, brach sich Bahn.

Und verendete unartikuliert.

„Was?" fragte er schließlich.

Etwas war geschehen. Sie wusste nicht, was.

Sie hörte sich wieder atmen.

„Was?" rief er schließlich.

Da schleuderte sie ihm ihre Kaffeetasse ins Gesicht und sprang hoch, wobei sie den Tisch mit beiden Händen packte und ihn voller Wucht umstieß, so dass er direkt auf ihm landete.

Sie lief los, rannte, rannte fort von ihm.

Rannte weg.

Nur weg von ihm und sich.

Weg von ihnen.

Welch ein Glück! Die Teambesprechung war heute überraschenderweise kurz. Statt wie so üblich bis in die Stunden weit nach Mitternacht anzudauern, war heute zur Ausnahme mal schon um 20 Uhr Feierabend. Welch ein Glück!

Ohne einen Laut zu machen, schloss sie die Wohnungstür auf. Vielleicht hatte sie ja weiterhin Glück und die Kleine war noch auf. Was gäbe das für eine Überraschung!

Zu Ihrer Überraschung war das Licht im Flur aus.

Sie lauschte. Bis auf den Kühlschrank in der Küche hörte sie nichts. Totenstille.

Sie knipste das Licht im Flur an.

*

Mit einem Schlag war sie wach. Sie bekam keine Luft mehr. Seine Arme hielten sie so fest umklammert, schnürten sie zu und ihren Atem sowie ihr Herz ab.

Sie geriet in Panik. Sie trat kräftig nach hinten. Mit beiden Füßen. Während sie versuchte, mit ihren kleinen Händen den Eisengriff seiner Pranken zu lösen.

Er erwachte plötzlich. Schon im Erwachen reagierte er ganz automatisch seinen antrainierten Reflexen entsprechend und stieß sie von sich, katapultierte sie aus dem Bett.

Sie flog. Bis einer der Sessel im Hotelzimmer sie stoppte.

Da stand er auch schon über ihr und schaute auf sie runter: „Spinnst du, oder was? Bist du jetzt völlig durchgedreht, du durchgeknallte Pute? Was ist denn in dich gefahren? Was habe ich dir getan?"

Sie sah zu ihm rauf. Noch immer fühlte sie sich wie zugeschnürt. Wie erwürgt. Sie bekam einfach keine Luft mehr.

„Was ist denn nur los mit dir?" fragte er da schon in einem milderen Ton.

Er reichte ihr eine Hand.

Für einen Augenblick war sie verirrt und wirklich versucht, die ausgestreckte Hand zu ergreifen.

Im nächsten Augenblick jedoch holte sie kurz aus und schlug die ihr angebotene Hand beiseite.

Sie sprang hoch. Sie schnappte sich ihre Sachen, die säuberlich über einen Stuhl hingen. Sie warf sich hastig den Mantel über.

Ohne auch nur irgendwas zu sehen oder wahrzunehmen, sprintete sie los und rannte aus dem Hotelzimmer.

Ohne sich auch nur einmal umzuschauen, rannte sie blindlings den Hotelflur hinunter. Dahin, wo sie die Fahrstühle vermutete. Oder das Treppenhaus.

Je länger sie rannte, je weiter sie sich von dem Hotelzimmer entfernte, je mehr sie sich entkam, umso leichter wurde ihr, umso mehr fühlte sie sich.

Ein Schrei entrang sich ihr mit ihrem ersten freien Atemzug.

Welch ein Glück! Die Teambesprechung war heute zur Überraschung aller schnell zu Ende. Anstatt bis lange nach Mitternacht zu dauern, war heute schon um 20 Uhr Schluss. Eine absolute Ausnahme. Und welch ein Glück!

Ohne auch nur einen Laut zu machen, schloss sie die Wohnungstür behutsam auf. Wer weiß? Vielleicht war ihr das Glück weiterhin treu und die Kleine war noch wach. Was gäbe das für eine Überraschung!

Zu ihrer Überraschung war kein Licht im Flur.

Sie lauschte. Sie hörte aber bis auf dem Kühlschrank in der Küche nichts. Absolut nichts. Totenstille.

Die Kleine musste schon schlafen.

Ein Gefühl von Enttäuschung machte sich in ihr breit. Was hätte das nur gegeben?

*

Nein, er hatte sie noch nicht bemerkt. Wie sehr sie das doch erleichterte. Wie schade es aber auch gleichzeitig war. Wie unverfroren hatte er sie damals unablässig angestarrt. Angeglotzt. Wie beredt war doch damals jeder einzelne Blick von ihm gewesen. Mit jedem dieser

Blicke hatte er ihr nur eins zu verstehen gegeben: Ich will dich. Hatte er sie damals mit seinen Blicken nicht förmlich ausgezogen, penetriert, gefickt, geliebkost?

Wie kam es dann nur, dass er sie jetzt nicht bemerkte? Ausgerechnet jetzt, wo sie es wirklich brauchte. Ausgerechnet jetzt, wo sie wirklich ungestraft könnte, wie sie wollte, wollte er denn nur auch. Wie damals.

Nein, er hatte sie immer noch nicht bemerkt, was für sich genommen vielleicht keine große Sache war, aber an und für sich genommen schon eine Frechheit darstellte, stellte man seine Blicke von damals in Rechnung. Wie konnte er, der ihr damals mit seinen Blicken zu verstehen gegeben hatte, dass er ihr schon mit dem ersten Blick für immer verfallen war, sie jetzt einfach nicht bemerken? Waren ihm mit der Liebe etwa nicht übernatürliche Sinne erwachsen, wie es sich gehörte, wenn sich die Liebe jemandes bemächtigte?

Hatte er sich etwa gar nicht verliebt? Hatten seine Blicke gar gelogen??

Nein, er hatte sie wirklich immer noch nicht bemerkt, was vielleicht gar nicht schlecht war, denn wo würde das am heutigen Tage enden? Bei ihrem jetzigen Zustand war das nur zu offensichtlich und sie kannte eine Menge Männer (und auch nicht wenige Frauen), die für dieses Offensichtliche zu haben waren und genau dazu zu gebrauchen waren – für mehr aber auch nicht. Was ihn betraf, nun, so war sie sich nicht völlig sicher. Aber für so oberflächlich hielt sie ihn nicht.

Ihn heute auf sich aufmerksam zu machen und sich jetzt von ihm aufreißen zu lassen – welch Verschwendung! Er wäre für immer verbrannt.

Für immer verloren für sie.

Nein, er bemerkte sie nicht. Und so sollte es heute auch bleiben.

Als ihn endlich eine Ahnung aufschauen ließ, war sie schon lange verschwunden.

Welch ein Glück! Die Teambesprechung war heute erfrischend kurz. Nicht das übliche Zeitschinden, nein, heute war zielorientierthalber schon gegen 20 Uhr Ende. Welch ein Glück!

Lautlos öffnete sie die Wohnungstür. Hatte sie weiterhin Glück, war die Kleine vielleicht noch wach. Was gäbe das für eine Überraschung!

Zu ihrem Erstaunen war überraschenderweise im Flur kein Licht.

Sie verharrte und lauschte in die Wohnung. Sie hörte den Kühlschrank in der Küche. Das war aber auch schon alles. Sonst nichts.

Totenstille.

Die Kleine musste schon schlafen.

Enttäuschung machte sich in ihr breit. Was hätte das nur gegeben? Die Kleine noch auf. Welch ein Strahlen wäre über sie gekommen, die Mami noch einmal zu sehen, bevor es wirklich an der Zeit war, die Bettfahrkarte ins Traumland zu stempeln. So aber...

So aber.

Aber wo war nur der Babysitter. Hatte der sie nicht gehört? Sonst kam der doch immer für gewöhnlich herbeigeeilt, kaum hörte er sie oder ihn heimkommen, um pflichtschuldigst zu berichten, was es zu berichten gab.

Sie zog die Schuhe aus. Sie knipste endlich das Licht im Flur an. Während sie auf das Zimmer der Kleinen zusteuerte, zog sie den Mantel aus und hängte ihn an den für ihn reservierten Kleiderhaken im Flur.

Sie öffnete die Tür zum Zimmer der Kleinen. Es war zappenduster. Dunkel wie in einem Grab.

Die Kleine musste tatsächlich schlafen. Sie fühlte nichts außer einem riesigen Gefühl der Enttäuschung.

Was hatte sie denn sonst noch außer...

Sie aber dann wenigstens einmal noch für heute in den Armen halten und ihr einen Gutenachtkuss aufhauchen, mochte sie auch tief und fest schlafen und von schöneren Welten träumen.

Sie machte das Nachtlicht an, das das Zimmer augenblicklich in eine dämmrige Unwirklichkeit tauchte.

Auf Zehenspitzen näherte sie sich langsam der Krippe, in der die Kleine liegen musste. Sie hielt dabei den Atem an. Nur ja keinen Laut machen. Nur ja die Kleine nicht wecken. Sie nur ja nicht aus ihrer süßen Traumwelt reißen.

Am Bettchen der Kleinen angelangt wollte sie sich schon runterbeugen, als sie aus den Augenwinkeln etwas wahrnahm.

*

Wie war das nur möglich? Wie hatte sie nur zusagen können? Was hatte sie dazu gebracht?

Wie konnte sie nur zugestimmt haben, sich auf offener Straße zu treffen?

Wie konnte sie sich nur dazu herabgelassen haben, sich hier an die Bordsteinkarte zu stellen und auf jemanden zu warten? Sie war doch kein Teenager mehr. Sie war nicht einmal mehr in den Zwanzigern. Eine Straßenhure war sie erst recht nicht. Sie war eine verlassene Frau. Eine geschiedene Frau. Eine betrogene Frau. Die warten nicht wie Nutten auf dem Mittelstreifen, auf dass sie jemand überfährt.

Wie konnte sie nur? Wie nur? Wieso?

Warum?

Sie fühlte sich schmutzig. Sie konnte nichts dagegen tun. Da half auch nicht, dass es zu schneien begann.

Sie liebte Schnee. Nirgendsonst fand sie heute noch Ruhe. Außer in einer schneebedeckten Landschaft, wo sie sich vom Weiß des Schnees aufsaugen lassen konnte, bis da nichts mehr war außer Stille.

Die weiße Stille des Schnees.

In ihr.

Sie erwachte. Sie konnte nicht atmen. Ein fremder Körper lag in all seiner Schwere auf ihr und drohte sie zu erdrücken.

Was sollte sie nur tun?

Der Raum schien auf sie zuzustürzen. Alles um sie herum wurde enger und enger und enger.

Sie konnte nicht atmen.

Was konnte sie nur tun?

Schließlich.

Schließlich hatte sie sich aus der Umklammerung des schlafenden Riesen freigekämpft. Ohne ihn zu wecken.

Glücklicherweise?

Sie griff nach ihren Wintermantel und warf ihn sich über, bevor sie zur Tür der immer kleiner werdenden Hütte stolperte. Sie musste raus.

Ins Freie.

Dahin, wo es ihr wieder möglich war, zu atmen.

Die Tür ließ sich überraschenderweise lautlos öffnen – nur ja nicht den schlafenden Riesen wecken, nur ja nicht! – und fiel, kaum war sie über die Schwelle gewankt, auch schon ganz von selbst wieder zu – ohne einen Laut von sich zu geben.

So weit, so...

... gut.

Doch hatte sie keine fünf taumelnde Schritte von der Hütte weg in den Schnee getan, als sie schon – mit den Armen hilflos in der Luft rudernd – mit weit geöffneten Mantel vollkommen entkräftet der Länge nach kopfüber in den Schnee stürzte und sich nicht mehr rührte.

*

Welch ein Glück! Die Teambesprechung war gnädigerweise und zur Überraschung aller Anwesenden kurz wie nie gewesen. Statt wie üblich erst in den frühen Morgenstunden des folgenden Tages ihr Ende zu finden, endete sie heute schon kurz vor 20 Uhr.

Welch ein Glück!

Ohne einen Laut zu machen, gelang es ihr die Wohnungstür aufzuschließen. Das Glück musste ihr weiterhin hold sein. Und ließ sich heute vielleicht sogar dazu hernieder, ihr das Glück zuteil werden zu lassen, ihre Tochter noch wach anzutreffen. Vielleicht war die Kleine noch auf. Was würde die Kleine vor Überraschung nur für Augen machen, die Mami zu sehen?!

Zu ihrer eigenen Überraschung fand sie den Flur der Wohnung in völlige Dunkelheit getaucht. Kein Licht brannte.

Sie verharrte und lauschte. Doch bis auf den Kühlschrank in der Küche war nichts zu hören. Die Wohnung wirkte wie ausgestorben. Nichts als Totenstille umgab sie.

Die Kleine musste schon schlafen.

Ein Gefühl von Enttäuschung bemächtigte sich ihrer. Was hätte das nur gegeben? Welch ein Strahlen wäre nur über die Kleine gekommen? Wie groß wären ihre Augen vor lauter Freude nur geworden, die Mami noch einmal zu sehen, bevor es ab in das Reich der Träume ging? So aber.

So aber.

So aber stand sie im Flur und stutzte auf einmal. Wo war denn nur der Babysitter? Kam er nicht immer unterwürfigst herbeigewuselt, kaum war er oder kaum war sie heimgekehrt, um wahrheitsgemäß zu berichten, was es über die Kleine zu berichten gab?

Hatte der Babysitter sie etwa nicht gehört? War er gar selber über seine Aufgabe eingeschlafen?

Sie zog die Schuhe aus und machte endlich Licht im Flur. Während sie dann zielstrebig auf das Zimmer der Kleinen zusteuerte, zog sie ihren Mantel aus und hängte ihn an den für ihn vorgesehenen Kleiderhaken im Flur.

Sie öffnete geräuschlos die Tür zum Zimmer der Kleinen, in dem es stockdunkel war.

Finster wie in einem Grab.

Die Kleine musste wirklich schlafen.

Warum enttäuschte sie das nur? Warum verspürte sie plötzlich diesen Drang?

Sie atmete mehrmals tief durch.

Sie aber wenigstens in den Armen halten und ihr einen Abschiedskuss aufdrücken, mochte sie auch schon lange fort sein.

Sie schaltete das Nachtlicht ein, welches das Zimmer in seiner ganzen Unwirklichkeit gegen das Fenster spiegelte.

Auf Zehenspitzen trippelte sie zur Krippe, in der die Kleine für gewöhnlich lag und schlief.

Sie wollte sich schon zu der Kleinen runterbeugen, als sie etwas am Rande ihrer Wahrnehmung registrierte.

Sie wirbelte herum.

Es war der Babysitter. Das junge Ding hockte an der Wand der Krippe gegenüber, die Beine angezogen. Das junge Ding umschlang sie mit beiden Armen, drückte sie fest an sich.

Der Blick des Babysitters war in weite Ferne genau auf die Krippe gerichtet.

Für einen Augenblick erschien ihr der Blick des Babysitters verwirrt. Irr. Aber wie konnte das sein?

Sie winkte dem Babysitter zu: „Hallo!" hauchte sie ihm zu.

Von dem jungen Ding kam keinerlei Reaktion. Dabei stand sie genau vor ihm.

Sie hockte sie vor ihm nieder und bewegte sich dann langsam auf ihn zu.

Das junge Ding zeigte keinerlei Reaktion.

Schlief das Mädchen etwa mit offenen Augen?

Sie fuhr mit einer Hand durch das Blickfeld des Mädchens.

Nichts. Absolut nichts.

Sie wollte das Mädchen schon an den Schultern packen und schütteln, als es unvermittelt zu sprechen begann: „Ich habe sie gefüttert wie sonst auch. Ich habe sie bettfertig gemacht wie sonst auch. Ich habe sie in das Bettchen gelegt wie sonst auch. Ich weiß nicht, warum sie dann nicht geschlafen hat wie sonst auch. Ich weiß nicht, wann genau sie zu atmen aufgehört hat. Ich weiß nicht, warum sie zu atmen aufgehört hat. Es war alles wie sonst auch. Warum war das nicht wie sonst auch? Was war so schwer daran, nicht wie sonst auch zu sein?"

Sie erstarrte in der Bewegung. Augenblicklich gefror alles in ihr zu Eis.

Sie wollte etwas sagen, doch sie kriegte keinen Ton heraus.

„Ich weiß nicht, warum sie nicht mehr atmet", fuhr das Mädchen fort. „Ich habe nichts falsch gemacht. Ich habe meinen Job gemacht. Wie sonst auch. Warum atmet sie dann nicht mehr wie sonst auch?"

Da fiel sie zur Seite und zersprang.

Sie sprang auf und stürzte zur Krippe hin. Hastig ergriff sie mit zittrigen Händen das dort liegende

Bündel und hob es mit aller Vorsicht und Behutsamkeit, die ihr noch geblieben waren, in das Licht der Nacht.

Die Äuglein waren geschlossen. Die Ärmchen und Beinchen hingen herunter. Die Kleine musste schlafen. Musste die Kleine nach einem langen und ereignisreichen Tag etwa nicht schlafen?

Warum nur hob und senkte sich ihr Brustkorb nicht? Wie konnte sie nur schlafen, ohne zu atmen?

Da hörte sie, wie sich die Wohnungstür öffnete. Das musste er sein. Die Konferenz musste kürzer gedauert haben als gedacht.

Sie wollte mit dem Bündel in den Armen schon losstürmen, als sie die Stimme einer ihr fremden Frau hörte: „Und das hältst du für eine gute Idee?"

Daraufhin hörte sie etwas, das von einem lauten Schmatzer stammen konnte. Er lachte: „Sie hat heute eine Teambesprechung. Die gehen die ganze Nacht. Dem Babysitter habe ich vorhin schon gesimst, dass sie heute früher Schluss machen kann. Die Kleine hat einen sehr festen Schlaf. Die weckt nichts, wenn die erst einmal pennt. Wir sind ungestört. Wir haben keine bösen Überraschungen zu befürchten. Glaub mir, darin kannst du mir vertrauen!"

Die Frau lachte.

„Vertrau mir: Nicht mehr lange hin und wir haben gar nichts mehr zu befürchten", fuhr der Mann fort. „Nicht mehr lange hin und diese Wohnung ist dein neues Zuhause. Je früher du dich an sie gewöhnst, umso besser ist es, denkst du nicht auch?"

„Ja, das denke ich auch", sagte die Frau lachend und es hörte sich so an, als küssten sie sich.

Sie vergrub ihr Gesicht in dem Bündel, das sie immer noch in den Armen hielt, als wäre es das Kostbarste und Zerbrechlichste auf der Welt. Sie atmete tief ein, atmete den Tod ihrer Tochter ein, bis sie keine Luft mehr bekam.

*

Sie kam zu sich.

Sie lag bäuchlings im Schnee. Der Mantel vorne offen.

Sie wälzte sich herum. Sie schaute in den Himmel.

Ihr Blick fiel auf die Hütte.

Die Hütte.

Plötzlich überfiel sie das Verlangen, unbedingt, koste es, was es wolle, in die Hütte zurückzukehren. Als hänge ihr Leben davon ab.

Sie versuchte, sich aufzurichten.

Sie rappelte sich auf. Wankte, schwankte, fiel wieder vornüber in den Schnee. Versuchte es erneut. Stand.

Sie tat einen Schritte zur Hütte und taumelte schon nach rechts, nach links und fiel auf die Knie.

Schwärze senkte sich über ihren Blick, tauchte den Schnee und die Hütte in ein unwirkliches Licht. Eine plötzliche Furcht überfiel sie.

Sie riss sich hoch und lag im nächsten Augenblick schon wieder alle Viere von sich gestreckt im Schnee.

Was würde nur passieren, wenn sie die Hütte nicht in Zeit erreichte? Was würde nur passieren, wenn sie nicht mehr rechtzeitig käme? Wenn schon alles zu spät sein würde? Wenn da nichts mehr wäre, nicht einmal mehr der Tod?

Sie gab auf, wieder auf beiden Beinen stehen zu wollen. Einem verblutenden Tier gleich schleppte sie sich auf allen Vieren zur Hütte.

Sie erreichte die Hütte und klammerte sich am Griff der Tür fest. Verzweifelt zog sie sich daran hoch.

Sie atmete schwer. Sie hatte es geschafft und doch nichts vollbracht. Was bedeutete es schon? Nicht der Weg war das Ziel. Er war ein Kinderspiel im Vergleich zu dem, was sie erwartete, würde sie die Tür öffnen, wenn sie dies denn schaffte.

Ihr Atem kam kurz. Stoßweise. Oberflächlich. Wie sollte es ihr nur gelingen, die Tür zu öffnen, so ganz ohne Hoffnung wie sie war?

Doch die Tür öffnete sich wie von allein. Erleichtert atmete sie auf. Sie schloss die Augen und atmete tief durch.

Das Schwierigste stand ihr jetzt bevor: Ihn mit einer Lüge eine andere Lügen glauben machen.

Sie öffnete die Augen und sah ihn im Licht der Morgensonne. Sah ihn strahlen.

Sie verharrte.

Ein lange nicht mehr gekanntes Glücksgefühl durchströmte sie plötzlich.

Retardation

Nach langem und hartem Nachdenken habe ich ihn gefunden, den geeigneten Kandidaten für diese Geschichte. Er ist ein Kind unserer Zeit, sprich: wie gemacht für diesen Job. So ist dieses hier denn nun nichts anderes als die Geschichte von Ben. Keinem anderen ist es zuzutrauen, diese heikle Mission zu einem erfolg-

„265c7kr."

„Was?"

„kr6pm62."

„Wie bitte?"

„2x6g4co."

„Ich verstehe nicht. Was hast du gesagt?"

„cd83ygo.o2w2fgkr."

„A-ha?"

„u4cbmef."

„Äh… Nein, Ben!"

„fu3dgmd."

„Nein, Ben. Das geht so nicht. So gar nicht, verstehst du?"

„bc5dnde. 68xmmeu. xw5b2gr. ru7dw3p."

„Ben! Stopp! Was willst du mir da nur sagen? Das ergibt doch alles keinen Sinn! Was ist nur los mit dir?"

„Na, was schon? Er ist ein Kind unserer Zeit. Das ist los mit ihm."

„Hä?"

„Genie oder Größtenwahnsinniger."

„Und Sie sind?"

„Ich pflege Ben."

„A-ha! Ja, und wie meinen Sie das mit ‚Genie oder Größtenwahnsinniger'?

„Das ist doch ganz einfach: Lässt es sich verkaufen, ist er ein Genie. Und ein Fall für die Klapse, wenn nicht."

„Ja, und wie finde ich heraus, ob es sich verkaufen lässt? Ich weiß ja nicht einmal, was er mir überhaupt anzubieten hat."

„Das ist der schwierige Teil bei der ganzen Unternehmung."

„Äh…"

„Ich habe nicht behauptet, dass es einfach wird."

„Äh… Warten Sie! Einen Moment! Mir kommt da gerade eine Idee!"

„Tatsächlich? Was für eine Idee?"

„Interessiert?"

„Warum nicht? Einen Versuch ist es immer wert. Lass hören!"

„Sie sind eine junge Frau, die einen autistischen und verdammt schwierigen Jungen, von dem noch nicht raus ist, ob es sich um ein Genie oder um eine taube Nuss handelt, aufopferungsvoll unter Aufbietung all Ihrer

Kräfte pflegt. Welche Möglichkeiten diese Ausgangssituation uns bietet. Welch Potential enthält dieser Stoff. Was für Komplikationen und Konflikte wären alles denkbar. Sie sind eine größere Geschichte als Ben hier. Wie wäre es? Wir machen aus Bens Geschichte Ihre Geschichte. Was sagen Sie? Wie klingt das in Ihren Ohren?"

„Was? Wozu aus Bens Geschichte meine machen? Um dann so zu enden wie schon Mike und Kim zuvor? Nein, danke! Vergiss es! Ich bin doch nicht blöd."

„Ach ja, Mike und Kim. Diese unglückseligen Unglücksfälle, denen das Schicksal leider bedauerlicherweise nur allzu übel mitgespielt hat. Sie haben nichts Derartiges in dieser Richtung zu befürchten. Glauben Sie mir. Mir geht es doch nur darum das Ganze zu einem glücklichen Ende zu führen, verstehen Sie?"

„Mmmmmmmh. Verlockend wäre es schon."

„Worauf warten Sie dann noch? Schlagen Sie ein! Unterschreiben Sie hier!"

„Einverstanden. Aber ich habe Bedingungen."

„Bedingungen? Seit wann kann eine Figur ihrem Erzähler Bedingungen stellen?"

„Erste Bedingung: Ben endet nicht in der Klapse, sondern als Genie. Und ich ende wirklich glücklich und nicht im Leichenschauhaus wie Kim und Mike."

„Gewährt. Ich habe doch schon gesagt, dass das Ende glücklich werden soll."

„Zweite Bedingung: Du schreibst die Geschichte nicht selber. Du kannst einen auf Produzenten, Lektor, Herausgeber oder wie man das sonst bei euch im Literaturbetrieb so nennt machen, aber schreib die Geschichte ja nicht selbst. Dir ist als Schicksalsmacht nicht zu trauen."

„Ja, also... Ja, aber... Aber wer soll denn dann die Geschichte schreiben?"

„Mmmmmmh, ich dachte da an einen gewissen Otaru Tomis. Ich habe nur Gutes über ihn gehört."

Der Andere aus der Kreativwirtschaft!

„Nein, nein, nein! Das geht gar nicht. So gar nicht geht das hier! Das ist meine Geschichte! Meine! Verstanden? Meine, sonst keine!"

„Hör zu: Entweder er skriptet mich oder…"

„ODER?"

„Oder ich verweiger mich. Ich trete in den Ausstand. Ich streike."

„Was? Was ist das denn nur für eine unerhörte Frechheit? Wo hat man das denn schon einmal gehört? Eine fiktionale Figur droht ihrem Erzähler mit Streik? Das ist … absurd!"

„Absurd oder nicht, ich bestehe auf meinen Forderungen. Ansonsten Streik!"

„Streik ist so ein böses Wort. Denk doch an das große Ganze! Denk an deine Verantwortung! Sind wir denn nicht ein Team hier? Was soll ich denn nur machen, wenn du streikst? Ich habe dann doch keine Geschichte mehr zu erzählen."

„Woher soll ich wissen, was du dann machen sollst? Das ist doch nicht mein Problem!"

„n6e1t0a2d3l0o5s1.1s5o0l3d2a0t1e6n."

Fortsetzung folgt!